和合亮一

未来タル

詩の礫 十年記

徳間書店

未来(イマキ)タル

詩の礫　十年記

和合亮一

放射能が降っています。
静かな夜です。

二〇一一年三月十六日二十一時三十分

目次

装幀　熊谷智子

はじめに

一月一日から月命日の一一日まで、毎日、夜明けに詩を書くことに決めた。

早朝の四時に起床して、顔を洗い、身支度を整えて。

キッチンでお茶や珈琲を淹れて、深呼吸して、階段をあがり。

二階の書斎の机に座る。

浮かぶ最初の言葉から書きはじめることにする。

カーテンを開けてみる。かすかな闇の息づかいが聞こえて。

やはり夜は明けようとしているのだ。

十年前の三月一一日。その日からの記憶。

こうして白い紙に向き合ってみると、あらためて歳月の厚みのようなものを目の前にしている気持ちになってしまい、言葉を失ってしまう。

＊

寒くなる。

昨晩から雪が降る。

このままずっと白くて清潔なままか。

これは純白の奈落というものか。

今年の始まりは零下十度という朝もあった。

寒い日が続いたのだった。


まだ陽はあがらない。

年の暮れの夜に眺めた相馬の海辺が浮かぶ。

そこで貝殻を持ち帰ってきた。

十年前に夢中で余震にさいなまれながら書き続けた『詩の礫』という詩集がある。

部屋の中で胡桃(くるみ)を見つけだすところでその詩篇は終わっているけれど、それを手にした時と同じような感触を覚えた。

冷たい。忘れてはならない、と。

それを手のひらにのせる。

凍える。
震災から十年。

詩を書くことは祈ることだ。
歳月を、季節を、一日を、一分一秒を。
あの日。
風になってしまって、鳥になってしまって、
戻ってはこない人々の命を受け継ぐこと。

そして、
懐かしい海辺に、野山に、
家に戻れない人々の涙を、
心に流すこと。

いまここ。この刻みを刻もう。

背筋の底から震えがきた。

分かった。


夜が明けようとしているのだ。

＊

震災からずっと詩を書き続けてきたが、その傍らで、文章も綴ってきた。

本年を迎えるにあたって、昨年の終わりに、二〇一一年から遡って読み直してみることにした。

たどり終わった時に、みなさんに手渡したいと思った。

一冊へとまとめていく時間の中で、敬愛する若松英輔さんや後藤正文さんと語り合う機会を持たせていただいた。

そして去年今年、晦日と新年の境目の一瞬の零下に。

十年後の最初の日々として詩を書くことを約束させられた気がした。

何に。
貝殻に。
本書は歳月と心の記録と記憶の一冊である。

第1章

貝殻詩篇

二〇二一年一月一日

小さな巻き貝の美しい殻を
眺めることにした
昨年の暮れに
相馬の波打ち際で拾ったもの
一年の始まりの朝

すぐに海がやってきた
新しい波の静けさ

やがて九メートルを超える
黒い津波の姿
生も　死も　涙も　魚も

風も　船も　車も
斜めの電信柱も
十二日と十四日の発電所の爆発も
たくさんの人々の避難も

海が
僕の名を呼ぶのだけれど
恐ろしいから
聞こえないふりをしている
いったい

歳月が波の様に押し寄せてくる

そのつもりなのだろうか

飴色の貝は
十年そのものなのか
記憶の回廊なのか
手のひらで
冷やりとして

*

「また揺れた。とても大きな揺れ。
ずっと予告されている大きな余震が
いよいよなのかもしれない。」

(3/16/2011)

*

ああ
震えているのだ
今もなお
一日一日を
生きていくことに

＊

「行方不明者は「行方不明者届け」が
届けられて行方不明者になる。
届けられず、行方不明者になれない
行方不明者は行方不明者ではないのか。」

（3／16／2011）

新年

零下の夜明けに
夜の海と砂浜を思う
雪とみぞれの降る冷たい風と
澄み渡るような星と月を

年の暮れに
海辺で拾った
貝殻を
手のひらに

人々は　波にさらわれて

二〇二一年　一月二日

どんな思いで
水平線の向こうへ
一瞬にして

やり残したこと
叶えたかったこと
守りたかったこと
伝えたかったこと

言葉　涙　愛
ものみな全てを
たったいま
奪われてしまって

泥と水の世界から抜け出すようにして
黒い海から這いあがり

波打ち際に横たわり
待っていた人々があった

無情にも陽は落ちて
闇が迫ってきた
命の火を
奪っていった

いまもなお

寒くて
どこまでも冷たい
砂と水の世界で
救われることを

あたたかい
手のひらを
十年
貝殻

＊

「不明の母を探す少年と、伯母。やがて遺体で母は見つかる。取り乱した伯母は泣きじゃくる。警察官は静かに話す。「お姉さんのところに、帰ってきたんだから、それでもいいと思わないと。」「帰ってこない人もいるんだよ」。」

「「大丈夫か」と尋ねる警察官。「守るものがいっぱいあるから、がんばらないと」ときっ

ぱりと彼に言い放つ、女性。そして少年。女
川。氷点下。車、がれき、車。」

（3／17／2011）

二〇二一年一月三日

新しい年の
未明に

十年前の当時
南相馬市鹿島区の
消防団長を務めていた
長澤初男さんのお話を
思い出していた

原子力発電所が爆発して
二〇〇人の消防団員
ほとんどが
家族と共に

出来るかぎり
遠くへと避難をした

残った
一〇数名で
遺体の回収作業や
行方不明者の
捜索をしていた
一か月が経って

砂浜に
指先のようなものが見えた
掘り返してみると
「青年のご遺体があった。月日が
経っていたけれど、きれいな
お体だった」と教えてくれた

ひざを抱えるような姿で
その瞬間のままで
ここに　閉じ込められていたのだろう
声も出さずに　誰かが涙ぐむ

手を合わせて

しばらくして

海も
風も
青年も
運ぶことにして

*

「僕はあなたは、この世に、なぜ生きる。
僕はあなたは、この世に、なぜ生まれた。
僕はあなたは、この世に、何を信じる。
海のきらめきを、風の吐息を、草いきれと、
星の瞬きを、花の強さを、石ころの歴史を、
土の親しさを、雲の切れ間を、
そのような故郷を、故郷を信じる。
2時46分に止まってしまった私の時計に、

時間を与えようと思う。
明けない夜は無い。」

（3／18／2011）

二〇二一年一月四日

福島市特別警報発令中（昨年一二月二〇日から今月へ）。

帰宅して。
マスクを外して。
手を洗って。
シャワーで体を流して。

十年前のことではない。
たった今、現在のことである。
コロナ禍のさなかの日々。

放射性物質への恐れが、
コロナウィルスへ、

交代したのだろうか、
十年後の今。

否。

十年前。
水は無かった。

帰宅して。
マスクを外して。
服を脱いで、ゴミ袋に入れて。
後は呆然とするより他はなかった。

ある日。

やっと、一週間ぶりぐらいに、
蛇口から出てきたが、
久しぶりに通じたためなのか、
赤い錆びた液体ばかりが出てきて、
一日中、止まらない。
余震に震えながら、
色水を見つめて。
…

「何をしたのか。
風呂の壁を殴った。
拳が痛くなったので、叩いた。
だだをこねるみたいにして床に暴れた。
そして、ちょっと黙った。大声で泣いた。
それでも、水は刻々と落ち、赤い。
私はもう一人の私を着ています。
7日間の私を着ているのです。

きみは着たことがあるかい。
重たくて、切なくて、悲しくて、
やるせない、7日間の私。」

手を洗う。
十年後の新年。

（3／19／2011）

二〇二一年一月五日

朝に
ふと
ある女性の話を
思い出していた
帰還困難区域へ
久しぶりに
自宅へと戻って
あれこれと

作業をしていると
そっと
風が入ってきて
家の
空気が
なぐさめて
肩を撫でて
背中をさすって

くれた

そう言って

目元を濡らして

*

「涙が泣いている。

涙も泣くんだね。

泣いている。

涙が、泣いている。

涙だって、泣けばいい。
涙だって、泣いていいんだよ。」

（3／20／2011）

二〇二一年一月六日

波にさらわれて
ガードレールに必死にしがみついて
流されてくる岩や木やその他に
頭や体をぶつけて
血だらけになりながら
海辺へ這いあがってきた人があった

波にさらわれて
乗っていた車が木と木の間にはさまり
窓が割れて土砂が
車内に入りこんできたが
一つのドアがその重みで開いて
そこから逃げることのできた人があった

泥水が押し寄せてきたので電信柱に登り
さらわれる覚悟をしたとき
近くの高台のほうまで続く
青い水の道すじのようなものが見えて
一心にそこを泳いで
たどりついた人があった

＊

私は
夜明け前に目覚めて
顔と手を洗った

人々が語ってくれた
生と死の一瞬を想った
そして
さらわれてしまったまま
戻ってはこない人々を
水は冷たい
たったいま
福島は

零下七度だ

*

「苦しい生活をしている避難所で、
赤ちゃんが生まれた。」

（3／20／2011）

二〇二一年一月七日

ふとめまいがした。
とたんに。

震災から一年後の春に。
原発から二十キロ圏内の上空を、
ヘリコプターに乗り、
眺めたことがあった。

すっかりと整備された海辺から、
立ち入り禁止の空へと、
侵入するようにして分かった。

あの時のままの光景が広がっている。

波打ち際ではテトラポッドがばらばらに。
家や車や船が津波を受けたまま、散在して。
庭や道に泥と石、電信柱が倒れて。
玄関先で動物がつながれたまま、つながれたままで…。
歳月が止まっている。
否。
時間が存在していない。
それを思い出した。

「めまい」とは。

いまもなお。引き続く。

私たちの余震なのかもしれない。

先日、二十キロ圏内にて酪農を、

営んでいた方からこんなお話を聞いた。

「牛たちは腹を空かせていました。

小屋の木の柱や柵にたくさんの歯形がありました。

最後まで、かじりついていました。

倒れていた姿はみな、がりがりにやせて、やせたままで…」。

＊

「明日、あなたは何をしていますか。明日も今日の延長を生きる。余震。

明日、あなたは何をしていますか。明日も今日の延長を耐える。余震。

「フクシマ」は一晩で、世界に広まった、むしろチャンスだと思う、と地元のある番組で言っていた。ここで復興することが出来たら、世界に名を示すことが出来る、ともう一言。余震。

希望を抱いた。有り難いと思った。そんなご褒美もあるのかもしれない。でもね。

ここには家族と故郷があるんだよ。僕は突然に世界地図を燃やすかもしれない。

余震。

静かです。放射能の夜です。余震。」

（3／22／2011）

二〇二一年　一月八日

夜明け
新年の
玄関にて

十年の
沈黙が
ざわめいた

履き古した
靴の底に
海の影が

失われた歳月が

足を入れて
立っていた
行方不明
いまも
どこへ

友よ

悲しみ
無念
人生
一足

夏のさなかに
甲冑をまとい

騎馬武者の姿をした男たち
行列を成して集まり
雲雀ヶ原において
神旗を奪い合う

「相馬野馬追祭り」

一千有余年の歴史

震災の年

二〇二一年　一月九日

中止という声が多かった
そうするより他ないと誰もが思った
もとより
家族や家を失った人が多かった

一度
高台へ避難をしたが
波がすぐには来なかったので
大事にしていた
先祖代々の兜や鎧を
取りに戻り

無念にも
そのまま
さらわれてしまった人も
あった

津波を受けた後の浜辺にて
泥にまみれた
武具や馬具や刀が見つかった

それを丁寧に拾い出して
流し場へと運び
洗い出しを丹念に
みんなでするようになった
少しずつ

一つひとつがきれいになっていく
それを手で確かめていくうちに
誰かが

やはり

やろうじゃないかと言った

汚れが流れていって
それぞれの道具が
光り始めた

一人　二人　三人

涙まじりで
「やろう」という声が
集まり始めた

*

「夜明けの空だ。生きて来た時間と、これからの未来を約束してくれる、空の明かり。光彩。風向き。雲の切れ間。ソプラノの調べ。この世に、生まれた意味。」

（3／27／2011）

みな

丸々とした柿は
決して触れられもせず
やがて落ちていった
震災の年の冬のことだ

野山の畑で
赤くなり切って
枝の先で燃えてしまうようだった
次から次へと落下

そして

二〇二一年　一月一〇日

しかし
いまも
なお

あたかも骨のような
木に残って
ずっと
実っているもの

重たく
空に
ぶら下がって
色が深くて

十年も
そのままに

されて
しまって
いるもの
甘いのか
苦いのか
宙吊りに

*

「このことに意味を求めるとするならば、
それは事実を正視しようとする、その

一時の静けさに宿るものであり、それは意味ではなくむしろ無意味そのものの闇に近いのかもしれない。」

（3／16／2011）

二〇二一年　一月一一日
成人の日に

朝の脳裏に
ふと
やって来たのは
大漁旗だった

津波の後の海辺の丘に
旗が落ちているのを
見つけて
砂の上に広げて

ずっと眺めた
その記憶だった

近くで眺めたのは初めてだ
美しいのだと分かった

悲劇と無念が
襲ったばかり
何が大漁か　と
心は呟いていた

*

七年後の春
新地町の漁師の小野春雄さんの
新しい船が着工して　進水へ
船出の時に乗せていただいた

波にさらわれてしまった
弟さんの漁船と同じ名前の一艘
快晴　いざ　初めての航海へ
新品の大漁旗が空と風に舞った

水をひとめぐりして
神に祈りを捧げて
まっすぐに戻る港には
たくさんの人々の姿

掛け声があがったり
拍手が起きたり
両手を振っていたり
涙していたり

私たちは

手を振り返す

静かに
光る海から
今を生きる
私たちへ

＊

「きらめき。静かな波間。
波打ち際。貝殻一つ。
それを拾うと。何もなかったように。
世界は、元通りに、戻るのだ。

拾ってみる、ああ確かに、光も雲も、
貝殻が拾われるのを、待っていたかのようだった。
命よ、この星よりも、重たい命。
貝殻にも、
光にも、雲にも、
牛にも、駅にも、街にも、
船にも、私にも。
この地球よりも、重たい命がある。」

（4／24／2011）

第2章

対話篇——後藤正文（ASIAN KUNG-FU GENERATION）

時代の異常な速度感から外れてみる

撮影：山川哲矢

後藤正文（ごとう　まさふみ）

1976年生まれ。ASIAN KUNG-FU GENERATIONのボーカル&ギターであり、ほとんどの楽曲の作詞・作曲を手がける。

2010年にはレーベル「only in dreams」を発足。

また、エッセイや小説の執筆といった文筆業や、新しい時代やこれからの社会など私たちの未来を考える新聞『THE FUTURE TIMES』を編集長として発行し続け、2018年からは新進気鋭のミュージシャンが発表したアルバムに贈られる作品賞『APPLE VINEGAR -Music Award-』の立ち上げなど、音楽はもちろんSNSでの社会とコミットした言動でも注目されている。

2020年12月2日、約4年半ぶりとなるソロアルバム「Lives By The Sea」を配信リリース。

著書に『何度でもオールライトと歌え』『YOROZU～妄想の民俗史～』『凍った脳みそ』他。

『詩の礫』がツイッター上に投稿されたのは、二〇一一年三月十六日二十一時二十三分。これとほぼ同じころに、後藤正文氏は一編の詩『砂の上』を詠んだ。その詩は三月十八日、後藤氏のブログで発表され、その後、後藤氏が自宅の寝室のベッドの上ですべて自分で演奏したというメロディが付けられて、公式サイトで公開されるに至る。

砂の上

ある春の午後に僕らはまだ揺れている
一切れのパンを分け合えずにいる
その夜に君は何も出来ずに途方に暮れる
愛はあるか　祈りはあるか

ある春の夜に僕らはまだ揺れている
一枚の毛布に君とくるまって
次の日の朝も何も出来ずに途方に暮れる
愛があるさ　祈りがあるさ

ほら　今　鳴らさなきゃ
闇に涙がこぼれ落ちて
僕の無力なこの声も　響き合って　砂の上

10年後に僕はどこで何をしている？
誰かと一緒に笑ってるかな
10年後の君はどこで何をしている？
愛はあるかい？　祈りはあるかい？

ほら　今　鳴らさなきゃ
闇に涙がこぼれ落ちて
君の小さな想いも　響き合って　砂の上

水たまりを飛び越えてスキップしよう
風の音に耳を立て　ドキっとしよう

日当りの良い窓辺で居眠りをしよう
そんな日を思って

ほら　今こそ　鳴らさなきゃ
闇に涙がこぼれ落ちて
僕らは小さな想いも　讃え合って生きて行くんだ
確かめ合って　砂の上

　復興支援の思いが込められた楽曲だが、後藤氏は「世に言う応援ソングみたいなものとはちょっと性質が違う歌」と言う。詩が降りて来たときに感じていたのは、巨大な震災を前にしてまったくなす術（すべ）のない無力感だった、とも。これまでの日常が、砂上の楼閣のような不安定なものであったことに気付かされた私たちは、圧倒的なカタストロフのなかで、後藤氏と同じ無力な自分を感じていたことだろう。「10年後の君はどこで何をしている？／愛はあるかい？　祈りはあるかい？」――あの日から十年の歳月を経た現在、詩人と音楽家は何を思うのか。

＊

後藤：震災からの歳月は、今となって考えれば、あっという間の十年でしたけれど、果たして僕らは震災を乗り越えることができているのでしょうか。多くの人は、あの出来事を自分のなかで上手に飲み込むところまでたどり着いていないんじゃないかって思うんです。まだそんな段階なのに、社会の動きや人々の趣向は一気に変わっていく。延期にはなったけれど、二〇二〇年には東京でオリンピックが開催されることになり、そうかと思ったら新型コロナウイルスの脅威が始まった。ここまで性急な時代の移り変わりを前にして、反省というか、改めて考え続けています。

和合：後藤さんとこうして直接お話しするのは五年ぶりくらいになりますよね。音楽活動だけでなく、言葉による表現、そして書き続けるということを非常に意識的になされていると常々感じておりました。後藤さんの作られた『砂の上』は、震災から十年後の今の状況にもそのまま当てはまります。私たちはまさに不安定な砂の上にいて、いったいこれから先どうなるのか、十年後の自分がどうなっていくのか。ぶつけようのない思い、解きようのない問いを、砂上の楼閣に立ったまま、誰もが抱えている。そのなかのひとつにはコロナ禍の現実もあるし、東日本大震災だけでなく、熊本、北海道の震災、さらにそれ以前の阪神淡路大震災もあります。歴史的に見ても極めて短い間に、私たちは世紀末的な経験を何度もすることになった。世界は大きな転換点に差し掛かっている。

後藤：僕たちがやってきた音楽のことで言えば、音楽にはもともと、流行り廃りに接しなければならない部分があるのですが、それ自体を疑う必要もあるんじゃないかと思うようになってきました。洋服を例にとって言えば、新しいものが発売されればそれをみんなが買い求め、着替えていくのがこれまでの流れでした。でも、その裏では何百万着もの服が毎年捨てられている。僕らが着るために必要な量の服は、実はすでにつくり終わっているのだけれど、消費は延々と続いています。その一方で、貧困にさいなまれている人のもとには必要な分の服が行きわたっていないという事実もある。

僕らはどこか過剰な流れにあおられて、次へ次へとせかされています。その流れからこぼれて満ち足りていない人もいる。忘れてはいけないことについて、目を配らなければいけないですよね。この異常なスピード感になんとなく乗ったままになっている違和感に、みんなそろそろ気付き始めていると思います。

スローダウンしていかなければならないけれど、どういう歩みのスピードが正しいのかがまだ見えてこない。そのことを、もっと考えなければいけないですよね。新型コロナも人類の歩みの速度が招いたというか、ある意味、世界に未踏の地はないという人間の傲慢な態度が呼んだ禍（わざわい）なのかもしれない。人の愚かさだけは変わらず、スピードだけ高まっている。そういう思いが、どんどん深まっていきました。

和合：震災から十年となる現在、私は五十二歳になりました。高校教師という仕事がら、若い世代に接することは多いのですが、彼らが自分たちを取り巻く状況を少しずつ真剣に論じ、考え始めている印象を日々感じ取っています。私たちの世代が若かったころとは対照的ですね。私が青春時代を過ごした十代から二十代にかけては一九八〇年代、九〇年代で、競争に勝て、豊かであればあるほどいいという考え方が当たり前のこととして語られていました。元号で言えば、昭和から平成への変遷と重なりますが、こういった生き方はまさに昭和的であり、それを私たち世代は刷り込まれて育った。いわば「昭和チップ」が頭のなかに組み込まれているのだと思います。

後藤：昭和チップというのは面白いですね。経済成長至上、永遠の生命みたいなものに向かっている時代だったからなのかもしれませんよね。僕は和合さんより八歳下ですから、小学校のころに新しい元号、平成になった。中学校から「平成チップ」ですけれど、昭和の名残を感じて育った世代です。

和合：そうした時代の変化によって、これまでの昭和チップではない視点で、日本社会の在り様、言葉の在り様、教育の在り様を考えていかなければいけなくなった。後藤さんが言うスローダウンの必要性は、そんな右肩上がりの時代を経験した私にとっても深いテーマです。どうして震災は起きたのか。なぜ原発事故があったのか。そして、十年たった現在でも故郷に戻れない人がいるのはなぜか。連続する禍のなかでたくさんの人がこの世を去っていったし、たくさんの人が故郷を失い、コミュニティが崩壊していきました。こうした状況を改めて考えるためにも、スローダウン、シフトダウンは重要なキーワードです。

スローダウンすることで見えてくるのは、「身の丈」という生き方なのだと思います。常に勝ち続けることばかりを追っていては見えなくなってしまう、本質的な豊かさ、この時代に共に在る人たちを守っていく生き方を前提に、そのうえで身の丈を考えてみたい。震災十年記はその起点であり、私たちはそこに立っているのだと思います。

やせ細ってしまったカルチャー

後藤：ミュージシャンについても、だいぶ変化が見えてきた気がしているんです。音楽活動だけでなくさまざまな発信の仕方に関して、たとえば、若い世代には政治への参加やこの国の在り様について声を出すことについても、ある種のアレルギー反応がなく、フラットに物事を発しているなと思います。むしろ頼もしく思うくらい。

僕らの世代は震災の当時三十代だったんですが、少し上の世代のミュージシャンでいわゆるパンクバンドみたいな、体を使ってフィジカルな音楽をやっていた人たちには、スコップひとつかついで被災地に向かうなど、行動で反応した人たちもいました。

その下である僕らの世代には、逆に沈黙してしまった人たちも少なくなかった。その点については、僕らにも悪いところがあったと思います。ある種の豊かさというか、今はそうは呼べないと思いますけれど、経済的な豊かさのなかにいて、アーティストは積極的に政治にかかわらなくていいという幻想のようなものがあった。むしろ政治や権威からは距離を取って、自分たちだけの世界や楽しみを広げていきたいという傾向が強かったんです。ある種、「サブカルチャー」というところに安住していくというか。今から思うと、そのせいでメインたる「カルチャー」がやせ細ってしまったんじゃないか。

カルチャーからみんなが引き揚げてしまったために、カルチャーの側は権威化することが存在意義になって、ますます狭く凝り固まって開かれなくなっていく。サブカルチャーはそれを冷笑的に見て、真顔でカルチャーをやっている人を茶化すような雰囲気をまとってしまうというか、それが僕たちの世代の悪しき振る舞いでした。

ただ、僕らより若い世代の人たちは、そうした境界がすでに溶けてしまっていると思います。これはネットの影響がいい意味で大きい気がしているんですけれど、音楽であれ文学であれ芸術であれ、本当に素晴らしいものにたどり着ける可能性がすごく上がっている。インターネット自体のライブラリーとしての機能が高くなっているからです。また、僕たちの時代って、何か優れたものを知るときは、誰かのスノビズムのようなフィルターを通過してしまうことが多かった。そうして知り得た情報をシェアしない者もいた。横のつながりが希薄だったんですよね。インターネットの初期は、いろんなグループに分かれて、それぞれがただ単にタコツボ化していく感じがあった。

それが時を経て、そのグループの単位はさらに細分化していくんですけど、インターネットのライブラリー化がタコツボ情報をフラットに表出させるようになった。今の子たちはタコツボに潜り込みに行くのではなく、まるで渡り鳥のように、そこからいろんな情報をつまめるようになっている。あらゆるものに対してフラットになっていると思うんです。

和合：それは詩の世界にも言える部分があります。ちょうど自分が詩を書き始めたときには、アカデミシャンみたいな人がたくさんいて、いい意味で権威的な存在であって、その人たちから発せられるキーワードを追いかけていました。そこへ、インターネットという媒介が入ってきた。これまでのように紙の上に詩を書くのではなく、ネットの空間に詩を書くということが始まったわけですけれど、自分にはどうもピンとこなかったんです。場を提供するので毎月書いてほしいという依頼も受けたものの、どう読まれていくのかもわからない。その後、詩人たちに呼びかけて共同でHPをつくったりもしたのですが、決して広がっていく手応えは最初はなかった。でも、インターネットユーザーの拡大もあって、読者の層が少しずつですが、だんだんと広まっていくのが実感できた。新しい詩の流通の始まりの形が見えてきた気がしました。これは新しい詩の時代が来るぞ、と。

しかしやがて後藤さんがおっしゃるように、ものすごくフラットな文化に、そこから現代へとなっていったのもわかったんです。カルチャー自身がやせている……との指摘、詩の状況もそうなっています。既存の詩壇というカルチャーは少数派、インターネットに詩を書く人たちが多数派、マイノリティとマジョリティがはっきり色分けされてしまった。自分は区分けされるのであればやはり生粋のマイノリティの人間だと思って、ずっとこつこつと現代詩の世界で書いていました。しかし『詩の礫』を書いてインターネットつまりはツイッターに詩を書くことを選んで、まったく新しいコミュニティに飛び込むようになったのも、紛れもない今を生きる自分自身であることに変わりはないと気付かされたんですね。

今の二十代、三十代の若い書き手は、とても自由にクロスオーバーをやっています。インターネット、サブカルチャーが新たなカルチャーになって、フラットな感覚を持っている人たちが、真剣にいろんな物事を考え始めています。若い方々のみならず一般の高校生や子どもたちの詩や作文からも、そうした変化を感じます。震災を経験して、生きることと死ぬことを真剣に考えているのかもしれません。昭和チップの人間は、豊かさのなかでそれを素通りしてきてしまったのかもしれないですね。

書くことへの覚悟、歌うことへの覚悟

和合：話を戻して、震災直後のことをお聞きしたいと思います。二〇一一年八月に、私は音楽家の大友良英さん、パンクロックの「ザ・スターリン」の遠藤ミチロウさんたちと一緒に野外フェス「プロジェクトＦＵＫＵＳＨＩＭＡ！」を開催したのですが、その場へ元ＹＭＯの坂本龍一さんにご出演いただいたんです。坂本さんと震災直後のことをお話ししたとき、自分はこれだけ音楽をやってきた人間だけど、音楽をもう聞けなくなってしまったとおっしゃっていたんですね。坂本さんの話を自分に置き換えれば、やはり、震災の直後には言葉を失いかけていました。その後、再び心の内側に言葉の波がやってきて『詩の礫』を発信していくのですが、後藤さんは震災以後、音楽、言葉を失ったという経験はありましたか？

後藤：精神的にも肉体的にも衝撃が大きすぎて、しばらくは頭痛に悩まされました。

和合：ずっと揺れている感じでしたか？

後藤：そうですね。あの日から1週間はずっとそんな感じで、ただ恐れおののくしかできませんでした。原子力発電所に関しては、偶然にも、以前から調べていたことでもあったんです。震災の前々日にも、どんな土地が原発の建設場所になるのかを確かめたくて、山口県の上関（かみのせき）原発予定地を見学しに行っていました。ほかにも青森県の六ケ所村にも行きましたし、いわゆるNIMBY（NOT IN MY BACKYARD＝必要なのはわかるが私の裏庭ではやらないでくれ）の問題が非常に気になっていて、沖縄の基地をめぐったりもしていました。自分と友達とで、勝手に大人の社会科見学みたいなことをやっていたんですが、そんな興味が高まっていたときの原発事故だったので、なおさら危機感が勝ってしまったんですね。

首都圏にいるのが不安になって、震災直後は実家のある静岡の島田に帰っていたんですけれど、考えてみれば、実家からは浜岡原発が近いんですよね。ただ、最初の恐怖感からは割と早く脱せられたというか、自分のなかの不安と向き合っているうちに、今書かないんだったら、自分はペンを折るべきなんじゃないかくらいの決意が急に湧いてきたんです。

あの当時、表現者が何か発信することについて、自粛ムードみたいなものがあった。それを和合さんはかなり早い段階で『詩の礫』によって打ち破ったのを、僕はネット上で目撃したわけですけれど、和合さんみたいにそれを打ち破ってでも書かなければならないことが自分のなかにあるのかないのか。そういう自問もあって、書くことへの覚悟、歌うことへの覚悟を決めた部分があります。

でも、着の身着のままで帰っていたから、楽器もPCも手元には何もなかった。これは買ってでもやらなきゃだめだと、急いで静岡の楽器屋に行って録音機材を買って、楽器は質屋で買って、パソコン量販店でMacBookも買い揃えました。今書かなければ、表現者として続けてはいけないな、と。

和合：『砂の上』はそうしたなかで生まれたんですね。後藤さんが『砂の上』の歌詞をブログに発表したのが三月十八日。『詩の礫』は三月十六日から始まっていますから、ほとんど時間差がないところで、私たちは震災に対して言葉と、そして音楽とで向かい合っていたのだと思います。言葉をつむぎ、曲をのせようと思われたモチベーションは、何だったのですか?

後藤：この大きな出来事はとても自分では解決できない問題であるし、思い悩む前に書かなきゃだめだという気持ちが強かったですね。半分はカルマみたいなものもあったかもしれませんけれど、この時代に起こった衝撃を書き留めなきゃいけない、表現者なら今ここで書かなくちゃだめだっていう気持ちがもたげてきたんです。沈黙を続ける表現者たちは多かったし、震災でこれだけ日常が壊されてしまったなかで、これまで通りの音楽をやっていていいのかという思いも一方ではあったのですが、ミュージシャンとは存在自体が不謹慎なものだという自覚もあった。世のなかに何かを発信して、自分の作った曲をみんなに聞いてほしいと思うことは、もともと恥も外聞もないことなんだから、これまでのように表現活動をする、それでいいんじゃないかと。

和合：後藤さんのファン、アジアン・カンフー・ジェネレーション（以下、アジカン）のファンの人たちに届けたいという気持ちは、『砂の上』を作るときに内在していたのですか？

後藤：ファンの人へ向けてという気持ちはなかったです。どこに向けて発信するのかは、自分のなかでさまざまな方法を考えていましたけれど、葛藤はありました。たとえば、曲を発表しても、携帯電話がつながるかどうかで苦悩している人たちがいる。そんな状況で楽曲を発信したとしても、所詮それはお前の自己満足じゃないかとも言われました。それもその通りだなという気持ちがありながら、何か自分のポジティブな思いを発したくもあった。文字通りのわかりやすいポジティブな楽曲というわけではないですけれど、自分を含めた今を生きる人たちを多少なりとも後押しするためのバイブス、振動みたいなものを世に放てるんじゃないかという気がしていました。その役割が自分にあるなら全うしたいという直感的な思いですね。

思いは脳裏ではない場所に宿る

和合：震災を通過して、ご自身のなかの言葉や音楽表現において、変わったと思うところはありましたか？

後藤：すごくフィジカルなものになっていますね。曲を書くということは、どこか観念や自意識のなかに閉じこもった、閉じこもるつもりがなくてもいくぶん閉鎖的で、身の内で書いている印象がありました。それがいつしか体で書くようになった。感覚器としての自分の体を信用しているというんでしょうか。時代に対して脳で接続しているのではなく、この体で接続している。身体的な能力、といっても運動神経ではないのですが、言葉は身体的な能力とものすごくつながっていることに気付かされました。

揺れている地面から切り離されちゃいけないという気持ちもあったし、大地に自分の足で立っている感覚は生き物として大事なことなんだとも思った。自分の身体性って、震災以前はほとんど意識したことがなかったんです。言葉は紙とペンと頭で書くんだよという気持ちが強くて。でも、言葉は全身とつながっていて、自分の生活や生き方と分かちがたい、全身まるごとが言葉なんだという気持ちになってくると、作詞することは全自分であるという気持ちも確信的になっていったんです。

和合：まったく同感です。フィジカルという観点。私にとって『詩の礫』がまさにフィジカルな行為そのものでした。本震と余震でずっと揺られ続けているなかで、ツイートしていたのは反射的に思いつく言葉ばかりでした。余震が来たとか、犬が吠えてるとか。震災前の私の詩は、もっと観念やイメージに向かっていました。現代詩をずっと書いてきて、朗読などをして身体性とも向き合ってきたつもりでいたのですが、震災の圧倒的な力で外部から直接揺すぶられる感覚のなかで、本当のフィジカル性はこういうことだというのがわかったのかもしれません。

「自分の足で大地に立っているという感覚」と後藤さんがおっしゃっていたことについて、私が好きなアジカンの曲の、足についての印象的な歌詞を思い出しました。『荒野を歩け』の「理由のない悲しみを　両膝に詰め込んで」という部分。自分たちの現在の感覚を言葉に凝縮している感じがして、よくわかるな……と。ふっと湧いてくるんですか、こういう言葉は？

後藤：そうですね。『荒野を歩け』は自分でも気に入っている歌です。でも、どうして膝だったのかはすごく難しいところで、メロディにのせて歌っていくと、「理由のない悲しみを〜」って、どこかにそれを詰め込むことになるんですけど、いったいどこに詰め込んでいくんだろうと思考をめぐらせていたときに、ふと、「両膝に」という言葉が浮かんで、歌ってみるとすごくしっくりきました。

　思いは胸の内にあったり脳裏にあったりするばかりじゃない。もっとフィジカルな場所にあるんじゃないかと。膝って、ある種の疲労感が一番現れる部位ですし、まったりするときもあれば、一日中歩いたりすると膝から下がうずいたりすることもありますよね。膝に詰め込むって、論理的に考えたんじゃなくてインスピレーションやイメージなんです。

和合：膝というイメージについては、私も以前、震災に関するイベントで、世界を飛び回っているソプラノ歌手のかたからうかがったことがあります。そのかたが『G線上のアリア』を歌われ、そこへ私が朗読に入るという形だったんですが、リハーサルのときにそのかたがおっしゃっていたのが、「朗読している姿を見ていたんだけど、膝から声を出すようにしてみたらもっと声が出るようになりますよ」。具体的に見せてくれたんですよ。もちろん、膝から声が出ているわけではないけれど、確かにそんなふうに目の前で歌ってみせてくれた。そのイメージで朗読を意識してみたら声の出方、強さが違う気がしました。主にイタリアを中心に欧州各国で活躍しているかたなのですが、練習のときにも「膝から声が出てないよ」と師匠に言われるのだそうです。後藤さんのなかに「両膝に詰め込んで」というイメージが浮かんだこととも、どこか通じるところがあるのかもしれないと思い返しました。

後藤：僕らの場合、そのイメージの生まれ方として、メロディが言葉を助けてくれるみたいなところがあります。ミュージシャン、ソングライターの感覚だと、言葉ってちょっと遅いなと思うときがある。言葉よりも先にメロディがつかまったりするし、詩的なメロディが先に思い浮かんで、言葉があとから追い付いてくることもあります。あるいは、メロディが言葉をピックアップしてくれるような場合も。僕らにとってはメロディのほうが人間の体の感覚に近い場所にあるんです。

言葉はどうしてもロジカルなところから来ます。僕のトライアルとしては、言葉とメロディの距離をなるべく縮めたい。メロディが思い浮かんだときに、すっと言葉に浮かんできてほしいんです。脳を通過しないで体から言葉が出てくる瞬間ってあるんじゃないかと思っていて。たぶんに、メロディや音楽の助けを借りながら言葉を書いている感覚があります。

和合：言葉がイメージからやってくるという考え方は、詩人の内面で言葉が立ち上がるときと近しく、非常によくわかります。そして膝、足がいかに言葉やメロディを支えているのかも。膝や足は、ステージで朗読をさせていただくときに意識する部分です。一番考えるのが、足さばきなんです。事前にそれほど綿密に計画しているわけではないんですけれど、ステージに上がる直前に、マイクまで何歩で行こうか、どんなふうに立って、足をどこにつけてとか、シミュレーションしていると、しだいにパフォーマンス前の興奮を感じてくるんですね。ちゃんと地に足をつけて自分を目覚めさせていこうという感覚。足さばきひとつでパフォーマンスの内容が変わってくる気がします。自分なりの感覚ではあるんですけれど。

僕は勤めている高校で演劇部の顧問もしているのですが、生徒たちと演劇をつくっているときにも、彼らに足さばきのことをたびたび伝えています。表現することの根っ子の部分として、後藤さんのおっしゃるフィジカルな場所を意識しているのかもしれないですね。

後藤：やっぱり足なんですよね。これが手とかだと幾分、脳の考えていることを直接表現しやすいというか、体のなかでは観念的な部位だと感じます。足のほうがもう少し、脳とは違うところともつながっているんじゃないかって思います。フィジカルな機関として。

一つの言葉で語ろうとする危うさ

和合：後藤さんは震災後、避難所をはじめ、いろいろな街に音楽を届けに行かれました。

ふだんのライブ会場にいらっしゃるかたとは違う、ご年配のみなさんの前でも歌われたと聞きました。

後藤：時間が許す限り、呼んでいただけたら行って歌うことにしていました。炊き出しの手伝いにも行きましたけれど、そこでも「せっかく来たんだから歌え」と仲間が言う。お前はそれが仕事なんだから、能力あるんだからって。たとえば、陸前高田の体育館に行って歌ったことがあるんですが、僕はあまりテレビに出て歌うことがないから、芸能人のように顔を知られているわけじゃない。「あの人は誰だろう？」ということになるんですよ、避難されていたお年寄りからはとくに。そういう空気の場所で、いったい自分は何を鳴らすことができるのか、どういう力があるのか。自分の意思であるとか技術であるとかを全部、測り直す機会なんだと思ってやっていました。

和合：各地に行かれて、実感されたこととかもいっぱいあると思います。とくに後藤さんは、ご自身で新聞『THE FUTURE TIMES』を発行されている。陸前高田のほか、大熊町、富岡町、川内村など甚大な被害を受けた被災地の実態を直接ご覧になったり、耕作放棄地とこれからの農業のことであるとか、原発の実態と廃炉への道筋、再生可能エネルギーの可能性など、極めて未来志向な対話や提言をなされているのを拝見しました。第六号では私にも取材をしていただきました（「受容と未来　震災のわからなさ・意味性を作品にどう閉じ込めていくか」）。こうした活動が曲作りにも反映されている感覚はありますか？　現地で感じたことと、報道で流れていること、実際に現地を歩かれたり、そこにかかわるかたたちとの対話をされると、何かしらイメージの違いのようなものが出てくると思うんですけれど。

後藤：そうですね。身一つで現地へ行ってみると、情報量が圧倒的に違います。ああ、僕たちはこんなにも言葉にできていないんだというか。この状況をすべて説明できると思っているほうが傲慢だな、みたいな気持ちになっていきました。これは先ほどのフィジカルな部分を信用することにもつながってくるんですが、読んだり聞いたりして間接的に知ることと、実際に行ってみることや当事者と会うのとでは、大違いなんですよね。どこの国の、どこの現場に行っても。

そして、そこで僕自身が得た手触りをどう伝えるか、どこまでリアルに表現できるかが難しい。たとえば、二〇一六年に作家の古川日出男さんと大熊町に入っていったとき、街には驚くほどの静寂があって、その静けさはどう表現して伝えればいいのか悩みました。実際に自分の足で歩いてみると、地図ではわからない街の大きさみたいなものを感じられる。富岡町でも双葉町でも、言葉だけで捉えてしまうと見えづらくなってしまうんだけど、実際に国道六号線を歩いてみると、被災地という一言に収めることができない途方もなさが身に沁みます。福島県自体、すごく広くて大きいじゃないですか。被災地を語るときに、とくに福島県であれば、まず大きさを考えたことがあるのかって思います。

和合：北海道、岩手県に次ぐ、三番目の面積がありますからね。

後藤：いろいろな街をめぐってみて、被災した地域の広大さに圧倒されました。実際の規模を体験すると、たとえば陸前高田市が津波の被害によってまるごとなくなるということはどういうことなんだということも、現実味と共に理解できてくる。現場に行って初めて途方に暮れるというか、衝撃を受けるという経験の連続でしたし、目の当たりにすることで、報道でしか知らなかった自分の居場所と現地の温度差を知ることができるし、これでオリンピックをやろうなんて言えるかよ、とも率直に思いました。

広大な東北の土地をじっくりと見ながら回って自分の体が受けとめた感覚と、そう感じた体というものをもっと信用していきたいと思いました。実際に体験した距離や時間って、自分のなかで大切なものさしのひとつになっているんです。これは言葉を書くうえでも、ものすごく大事な感覚でした。詩を書くこと、言葉を書くということは、たとえば福島県を福島と一言で語らないことだと思うし、もし今、そういう言葉で語られているのであれば、それを解きほぐしていくこと、そういう視点を用意していくことが必要なんじゃないか。

権力の側が発するスローガンみたいな、たった一つの言葉に収斂させてみんなを縛っていくというか、イメージを固めていくようなやり方を僕はやりたいんじゃなくて、逆なんです。もっと多様性と、本当の意味でのイメージを広げていきたい。書くことに求められているのは、そういうことなんじゃないかと思うようになりました。事象を解体していくというか、もっともっと解きほぐしていきたい。

和合：震災があった年の夏、地元のメディアと共に、防護服を着て福島第一原発から二十キロ圏内の立ち入り禁止区域に入ったときのことを思い出しました。誰もいない無人の世界は、いろいろなものが無作為に散乱していて、まさに津波にのみ込まれて水が引いた直後の状態だったんですね。浪江と小高は避難直後そのままで、電気がついたままの家もあったし、サンダルがそのまま庭に並べられていたり、洗濯物が干してあったり……。無人の街にあるのは、果てしない静けさ、底がない静寂なんですね。

その約一年後、二十キロ圏外の海辺は整備されました。津波の圧によって打ち上げられた船、潰れた車、ひしゃげた家などが散在していた海辺は、別世界のように整えられている。それを見て、昨年のあの凄まじい光景は、嘘だったんじゃないかと思ったんです。船や車や家もどこにも見当たらない。自分が見たのは幻だったのかなと。

その後、朝日新聞の企画でヘリコプターに乗せてもらい、二十キロ圏内上空から現地を見る機会をいただいたのですが、入ってみると、やはりあの光景は嘘でも幻でもなくて、そのまま残っていたんです。二十キロ圏内の検問を境にした向こう側には、手付かずのままの震災直後の世界がありました。津波の力が強大だったとはいえ、あのテトラポッドがバラバラに街に押し寄せていて、車も家もあらゆるものが破壊されたままで、時間が止まっている、いや、時間が存在していなかった。あの光景を目の当たりにした自分の体が何を感じたのか。今でも何かを書こうとするときに、まざまざとその光景を思い出すことがあります。

十年が経過した浜通りは、道も整えられたし、新しい建物もいっぱい立ちました。戻らない場所もありますが、活気を取り戻した街もある。これからの歳月は、こうして変わっていく景色と共に進んでいく風化の感覚との間を流れていく。自分があのとき、フィジカルで感じたものをどう伝え残していけばいいのか、そしてどう表現の形を変えていけばいいのか。改めて悩んでいます。とくにこのコロナ禍が、余計に話を複雑にしている。『荒野を歩け』。まさに今が荒野なのでしょう。さまざまに隠されていた荒れ野が露(あらわ)になってきたのかもしれない。

ローカルコミュニティと身の丈というものさし

後藤：風化への抗(あらが)いとして、僕は「民承」、フォークロア的な視点が大事な気がしてきています。音楽でいえば、世界中の音楽チャートも大差がなくなってきていて、どの国のチャートを見ても1位は同じ曲みたいになっていくなかで、たとえばラッパーたちが英語じゃなくて、自分たちの地域の言語で音楽をやり始めています。同じラップミュージックでも、各地の言語や文化によるなまりがある。そういうのってすごく大事だと思うんです。人って自分自身がどこに根差しているかということから逃れられないところがあるから。
たとえば、世界中の繁華街のショップが全部、スターバックスやマクドナルド、H&M、ユニクロみたいな世界企業一色になっちゃうことを数年前はみんな危惧していたんだけど、どうも割とそういう感じになってはいないじゃないですか。僕たちにはそういうふうに一色に染められてしまうこと、多様性を失ってしまうことに対して抵抗する心情がどこかにある。これからは一つのローカルとしての特別性、スペシャルなところを磨いていくといいんじゃないかと思うんです。そこで僕らがやれることは何かというと、権威的なことじゃなくてフォーク、口で伝えていく、フィジカルに伝えていくこと。この国でしか、またその土地でしか鳴らせないような音楽、語られない言葉、「民承」の性質みたいなものをシェアしたりしながら伝えていく必要があると思います。

和合：ローカルという思考の重要性は、コロナ禍が席巻している今、ますます高まっているように思えます。コロナ禍を経験した私たちは、言わばもう一度ローカルに回帰するのではないでしょうか。東京を離れて暮らす、働く。すべてが東京を基準とする一極集中の状況よりも、地方へ、多方向へという選択をする人たちが少しずつ増えていることもその表れなのだと思います。後藤さんがおっしゃる、自分がどこに根差しているのかを考えることにもつながっている気がします。

後藤：被災地域をめぐったとき、ローカルというものの存在を強く意識させられました。地域の公民館ひとつとっても、そこに昔からあったコミュニティの形がそのまま出てくるんです。地域によっては民承として、地震に遭ったらこういう行動をしなさいみたいなことが広く子どもたちにまで広まっていて、そういう場所では被害が少なかったという例も聞きました。ローカルはやはり大事なんだなと。

またその一方で、インターネットのおかげでシンク・グローバルという発想がすごく身近なものになっています。音楽をやるにしても、必ずしも東京でなければできないものではなくなったし、たとえば、福島で世界を相手に音楽をやることも全然不自由なくできる。

世界中の仲間とつながれるし、音楽はデータのファイル自体をやりとりできれば、演奏者それぞれがどこにいても作品までもっていける。音楽をやるなら東京だというのは、大半がレーベルの事情だと思います。レーベルで働くスタッフたちが監督しやすい場所でやってもらったほうが都合いいというだけ。そうでなければ音楽を発信できないという時代じゃない。好きなローカルに暮らし、表現活動をすることは可能なんです。

ただ、ローカルの力を享受するためには、その場所にコミットしないわけにはいけない。ローカルでのコミュニティが機能しているかどうかは、危機があったときに露になります。ローカルに参加することは面倒な部分はあるけど、よりよく暮らすためのコストはみんなで引き受けていかなければならない。そして、できれば富もみんなでシェアしようというのが、実は一番豊かな在り様なんじゃないかなと思います。

音楽の世界にも詩の世界にも共通すると思うんですけれど、それぞれの世界にある「知」が閉じていた時代がずっとあった。先ほど、和合さんがおっしゃった詩の世界がアカデミックな人たちだけのものだったということも、まさにそうした時代があったことの証明ですよね。シェアされていくことで、その知が新たな才能に向けて開かれていく。同時にある種の愚かさも開かれてしまうだろうけど、シェアするという感覚はすごく大事なことだと思います。ローカルに参加することって、シェアと両輪なんですよね。シェアして広がりを作っていくことの一方で、ローカルという規模を狭めていく思考も持ち続ける。身の丈という視点に触れておられましたけれど、ローカルも結局、身の丈であることにたどり着くのだと思います。

和合：そう思いますね。『詩の礫』以来の十年を振り返ると、身の丈というものさし、それをずっとキーワードとして語ってきたように思います。たとえば海外に招かれたり、福島と東京や各地を往復したり、震災前の時間軸とは異なる速度のなかで過ごす日々がしだいに増えていったのですが、その過程でとらえようとしていた旅の空での心のアンテナの向けどころはシンプルな何かであって、小さな季節の移り変わりの意味とか、その土地ごとにある行事やお祭りのかけがえのなさとか、身の丈で感じられる出来事についての意味や感慨ばかりでした。現代人はもう一度、自分の身の丈、根差している場所をたどり直したほうがいいと感じたことが、慌ただしい毎日の時間のなかで多くなっていきました。

最初にした昭和チップの話じゃないですけれど、とにかく豊かになって、利益を上げていくためには何でもいいんだという考え方が、決して正解ではなかったということを、現代の速度から降りて俯瞰してみるといい。それに気付かせてくれたのが震災であり、原発が爆発してしまって以後の世界だったのかもしれません。

スローダウンというのは、いわゆる手を抜くとか楽をするのとは違います。既成の豊かさの概念やイメージと、豊かさの本質の差異……。それは反対に孤独や貧しさの本質を問うことにもつながっていくのだけれど、もっと本質的な生き方を求めましょうということなのかなと。それは言葉の本質でもあるし、音楽の本質と接続されていくものでしょう。周りに流されるのではなく、自分にとっての本当の芯のようなものを追求しようと誰もがもっと意識的になったときに、本当の意味で身の丈というところにたどり着くのかなと思うんです。

昔の人は、たとえ貧しくても和歌を詠んで、日がな一日、お酒でも飲みながら歌を詠む時間を愛していました。それって、おそらくコストは大してかからないし、贅沢で派手なことを楽しむというものでもなかった。しかしだからこそ言葉と調べはきっと、常に人々の心を表し支えてくれる味方であり続けたのだと思います。怠けるとか手を抜くとか後ろ向きになるとかではなく、もう一度、身の丈というものを考える機会。この十年とはそのための時間だったのかもしれません。

硬直化する社会を緩ませる存在

後藤：もう一つ言うと、僕はやっぱり表現者は社会にアプローチしなくてはいけないと思っています。身の丈のちょっとした楽しみ方さえ許さないくらい、今の社会は硬直している気がする。些細なお金しかかけなくても、ゆとりある豊かな時間を過ごせるんだということすらわからなくなるくらい、働きなさい、お金を稼ぎなさい、お金を使いなさいという要請が社会全体からあるわけですよね。この環境では僕らの表現をのびのびと届かせることはできない。音楽にとって一番大事なのは、環境なんです。ミュージシャンの側から言えば、正しい音を聞き取れない環境では、僕たちは本来の音を奏でることはできない。録音物はもっと顕著で、右から出るべき音が左から出ている配線があべこべなスタジオとかではまともなミックスはできないし、残響音がありすぎて何が鳴っているのかわからないくらい音が跳ね返ってしまうような場所では、自分の作品を正しく理解することもできない。これは音楽を受けとめる社会の側にも言えることで、ミュージシャンが発していることが正しく響いているか、どんなところで響いているのかということも見ていかないといけないんじゃないかと思います。

僕らの側にも社会にまなざしを向けるのを怠ってきたところはあります。たとえば、言論が統制されているような国のように使えない言葉が増えていくとしたら、僕たち表現者は必死で抗わなければならないですよね。社会的な主張を発しないミュージシャンや表現者ばかりだと、社会との間にもある種の断絶ができてしまう。環境と表現ってすごく密接な関係があるし、だからこそ社会というのは大事で、表現者はそこに向けて常にアプローチし続けるべきなんです。自分たちの表現が響く場所は、あらかじめ用意されているものじゃない。震災直後にしても、社会の要請として「沈黙せよ」となっていった印象があって、何か言うだけで石でも槍でも飛んでくるような感じでした。でも、そうならないために僕たちは硬直化しそうになっている社会を緩ませ続けなければならないんです。

最近、すごく気になっているのは、表現の発信とお金のことなんです。僕はミュージシャンですけど、僕の表現である楽曲などについて、お金を払わないと聴くことができないという状況をどう乗り越えていくか。曲を聴くためのお金がない貧しい人間は僕の表現を楽しむ必要はないなんてまったく思わないし、むしろできるだけ多くの人に聴いてほしいと思っているけれど、現状は僕の表現に絶対的な対価が発生していて、タダで聞ける機会は少ない。僕が考えていることと現実は明らかに矛盾しているんです。そういうことにもある種の罪悪感を持って向き合っていきたいと思うんですよね。いっそ、月に一枚は好きなミュージシャンのレコードを買える、詩人の本を一冊買える、そういうところまで憲法に書いてある「健康で文化的な最低限度の生活」として保障してくれるなら、とても豊かな国になれると思うんですけどね。

和合：憲法で保障とまではいきませんが、スロベニアに行ったときのことを思い出しました。スロベニアは日本の一つの県ぐらいの面積の国です。この国では詩人がすごく大事にされている。理由はナチスドイツに占領されたときに遡るのです。スロベニア国民はドイツ語を強要された。母国語の誇りを奪われることに対して、当時のスロベニアの詩人たちは反骨心を持って、処罰を覚悟でスロベニア語で詩を書き、ナチスに隠れて活動を続けました。スロベニア語を必死になって守っていった歴史があったそうです。終戦後、ナチスの占領から解放されたとき、詩人たちは国民から「私たちのスロベニアを守ってくれた」といって感謝され、その賞賛の念が現在の国歌の冒頭の「詩を語れ、杯を傾けよ」という歌詞に込められているそうです。建国記念日には国民にワインが無料でふるまわれ、街のいたるところで詩の朗読が始まる。

詩人が新たに詩集を出版すると、テレビが取り上げて特別番組が制作される。新詩集をめぐって三十分とか一時間の特別枠が設けられるそうです。詩人だけじゃなく、国民が自国の表現者、アーティストのことを近しく思っているし、誰がどのような表現をしているのかも理解している。たとえば昼に、ミュージシャンが公園で曲を奏でればそこに人が集まり、夕方に詩人がカフェで詩を朗読すれば同様にそこに同じ人が集まる……。そういうことが頻繁に行われるんです。前に触れたローカルを大切にするという発想にもこのことは近くて、限られた地域のなかで何をやっているのかがみんなよくわかる、そして、そこにみんなが集合する。スロベニアの人たちのように、何かを守るために集まっていくという考え方が、これからの時代にすごく大事なんだと思います。

社会が抱えた不安と詩の役割

後藤：詩に関して言うと、和合さんがツイッターから詩を発信したことを僕はとても大きな変革だったと思います。震災、そして『詩の礫』の発信から十年が経過して思うのは、それまではどこか詩というものは紙に書きつけて出版しなければいけないんだという凝り固まった思考があったんじゃないかということです。紙の上での表現であるだけじゃなく、広く活動しながら、詩はもっと開かれていかなくてはいけない。僕の印象にすぎないのかもしれませんが、詩は構造的に新しい書き手を拒んでいるような気がする。

タイトルは失念してしまったんですけれど、昔見た欧米の映画で衝撃を受けたシーンがありました。中学生くらいの男の子と女の子とがデートに行く。すると、その場に男の子が詩を書いてきて、朗読するんですね。それを聴いた女の子は「クールね」と返す。詩を作り、詠み、それを受けとめることを自然に行える感覚が、今の僕らにはない。でも昔はありました。若い男女が集まって求愛の歌謡を詠み合う「歌垣（うたがき）」とか、思いを歌にのせて自然に詠み合った文化が日本にはあったんです。そのポエジーみたいなものをどこでなくしたんだろう。

中学生くらいのころ、詩的なことを言う奴をからかう風潮がありました。ポエマーとか言って。ある意味、サブカルの仕種でカルチャーをあざ笑うことにも似ている。そんな時期を過ごした自分が、生意気にも中学生たちと詩のワークショップなどをやらせてもらったことがあって、「ポップミュージックの詩をバラバラに解体して、それを自由につなぎ直して、新しいイメージを作りましょう」みたいなことをやったんです。でも、J-POPにおける決まり文句、クリシェを一旦解体して、もう一度クリシェに組み直すような子たちが多かったんです。これはもう、半分は呪いだなとも思いました。詩を書くことに対する、もしくは芸術を行うことに対する意欲を遠ざけてしまっている、ある種の気恥ずかしさみたいなものを取り除いていかなくちゃいけないと思いました。

今、世界中の詩人で誰が一番言葉を最前線で書いているかというと、僕はラッパーだと思うんです。どこに詩を書き、詠むか。決して紙という旧態の平面の世界ではなく、ラッパーたちが詩を詠んでいるのはビートの上なんですね。詩といっても半分は歌っているのと、ラップ独特の韻を踏みながら自由にやっているわけですけど、彼らのほとんどはタブレットとかiPhoneに詩を書いている。マイクの前でそうしたデバイスを取り出して録音を始めますからね。僕らの世代から見ても、詩を書くという行為がトランスフォームしているように感じています。

和合：ラッパーの詩、リリックとビートによる表現の自由さに近いものを、この十年の間に訪れた世界の詩の現場でも感じてきました。震災をテーマにした詩の朗読を、詩のフェスティバルに招かれる形で行わせていただいたのですが、詩人の朗読が日常にあることが自然であって、それを楽しみにしている街の人たちがどの国にもいる。日本の詩とは成り立ちが違うのでしょう。ただ、日本にはもともと和歌の世界があって、帝（みかど）に褒められるか否かで、褒められなかった人は病になって命を全うしてしまうとか、歌に命を懸けるような時代もありました。どこかで人と詩の断絶が起きてしまったんでしょう。

これは文学上の問題なのでしょうけれど、たとえば、ヨーロッパ、アジア、アメリカを並べて考えてみると、それぞれまったく違う形で詩との親しみがあります。ヨーロッパでは幼いころから父母が素敵な詩のフレーズを朗読してくれる。欧米では先ほどの後藤さんの見た映画のように、デートのときに自作の詩を詠んだりするけれど、日本で同じことをやったら、その時点で相手には振られてしまうでしょう（笑）。

後藤：僕はそれを変えたいんですけどね。

和合：先ほどお話ししたスロベニアは、詩に対する国民の造詣が深く、朗読を聴くこともすごく好きなんです。国民の休日などに、国から振る舞われたワインを無料で飲みまくる。多くの人がぐでんぐでんに酔っぱらいながらも、詩人の朗読が始まるとシーンとなる。朗読する演者を前に、引くということができているというか、水を打ったような静けさになるんです。朗読を幼いころから誰もが経験していて、詩を聴く耳や姿勢が自ずと鍛えられているのだと感じました。

また、アジアの国々を見て思ったのは、政治や社会に対する不満を誰もが積極的にアジテーションするという風潮が大きいことです。かつての一九六〇年代の日本の学生運動のようです。たとえばインドネシアの詩のフェスティバルの会場は、地鳴りのようにワーッという歓声が初めから響いていました。すごい熱気でした。私の朗読は日本語だったからほとんど内容は理解できていないにもかかわらず、私が叫んだりすると、観衆はそれをアジテーションだと思うようで、一斉にワーッと叫ぶ（笑）。

暑い国だけど、夕方になると涼しくなってきます。すると、街にアジテーションしたい人が立って声を上げ始めるんです。通りを歩いている人たちやファンの人たちがすぐに集まってくる。語られるテーマはやはり、悪政や汚職、社会に対する不満などが多いのですが、空が夕焼けに染まってくると、どこかでそれが始まるっていう雰囲気があるのが面白い。終わってからも、そこに集まった人たちがリーディングの話をずっと語り合ったり、乾杯したりして盛り上がっているんです。これ、日本でできないかなと。台湾、シンガポール、韓国あたりも同じようなエネルギーに満ちていました。

アメリカのサンフランシスコはまた違っていて、表現者たちは環境と言葉、人間、社会をすごく意識している。朗読が終わったあとに、声を掛けられると、必ずといっていいくらい、環境論などと重ね合わせた感想を話してくれるんですね。興味深かったのが、ちょっとした贈り物をするときに、そっと詩を一篇したためて一緒に渡すという行為です。その場で私がいただいたのは、グリーティングカードのようなものにその日の朝に書いた詩でした。初めて会う人に、名刺代わりにそれを渡すんです。別の詩人からは小さな封筒を渡されたこともありました。開いたら小さな流木のかけらが入っていて、そこに詩が書いてあった。それくらい詩が日常にあるんですね。

後藤：詩人へのリスペクトなんでしょうね。日本はそういう感覚が薄いけど。

朗読の力が魂を解放させる

後藤：震災というのも、一つの大きな契機になっているのですが、僕のなかには詩に傾倒している部分がすごくあって、書くということへの意識はずっと上がっています。習作として毎日、詩を書き続けている時期がそれ以前にもあったんです。詩人の末席に座りたいと思って、書きながら勉強していたつもりなんですけれど。誰にも見せられない門外不出の詩の数々が今もうちにあります（笑）。

和合：ぜひ一度拝見させていただきたいですね。後藤さんはアジカンの曲の大半を作詞されていることもありますし、作詞のみならず、言葉をつむぐことへの造詣の深さをお持ちであることはここまでのお話のなかからも強く感じています。詩を書くことだけでなく、朗読に関しても非常に熱心に行われていますよね。

後藤：はい。古川日出男さんと朗読でご一緒させていただいたこともありました。自分のライブでも詩の朗読の時間を設けたりすることもあります。アジカンではやりませんけれど、ソロのライブのときなんかに詠ませてもらったりしています。和合さんともご一緒させていただきましたね。あのときは和合さんが朗読、僕がギターとシンセサイザーのテノリオンを使ってセッションしました（二〇一四年十一月二日「YEBISU MUSIC WEEKEND」にて）。素晴らしい時間でした。

和合：あのセッションのあと、後藤さんの使っていたテノリオンがどうしても欲しくなってしまって、早速同じものを買いました。同じようにはとても演奏できませんけれど（笑）。朗読に関しては、これまで三十年くらいやってきましたが、そろそろブームを起こせないかと、実はずっと目論んでもいるんです。後藤さんとのセッションでの朗読もそうでしたけれど、即興でやることが多くなりました。もともとは事前に練習して、あらかじめ決めた内容を朗読していたわけですが、震災の年に始めた「プロジェクトFUKUSHIMA!」で大友さんやミチロウさんとご一緒して以来、お二人のいい意味でのアバウトさから、即興の面白さを知りました。僕自身はずっと演劇をやっています。練習した内容のままに朗読を行っていたそれまでのスタイルは、どうもその思考回路によるものだったのかもしれない。そうした演劇的な部分から抜け出すことを前々から模索していたこともあって、即興の朗読の新鮮さに気付かされてからは、どんどん面白く感じるようになっていきました。後藤さんの場合、朗読を選ばれたのはどんな心理だったのでしょうか？　あえて歌ではなく朗読をすることとは？

後藤：そうですね、歌に合っているもの、詠んだほうがいいもの、音にしたときにそれぞれ感覚が違うと思うんです。メロディが付いたことで嘘くさくなってしまう言葉もありますし。あとは歌うことだけでなく、表現方法のいろいろなやり方を試してみたかったところもあった。たとえば、ラップはビートにのるようにして押韻をしていくじゃないですか。言葉と音楽の交わり方は一つじゃないんだと考えていたことも理由の一つでした。

あと、詩がどんどん好きになっていたということもありますね。詩には書くということだけじゃなく、発語されることにものすごく意味があると思うんです。声に出すことでいま一度、言葉に命が吹き込まれるような感じがする。たとえば、過去の人が詠んだ、書いた詩であっても、新たに詠み上げることで、その場の空気、時代の空気に響いていく感覚があるというか。このエネルギーは大変素敵なものだなと思います。

実は僕、この何年か、「魂の解放運動」と勝手に自分で名付けまして、いろんな場所で詩を詠んだりしているんです。前にお話しした、詩に対するある種のてらいや恥ずかしさみたいなものを世のなかから剝ぎ取りたいというか、解消したいと思っていて。詩を書いたり詠んだりすることはすごくクールなことなんだということを取り戻したいんですね。僕らは日本語で思考する。その言葉の表現手段の一つである詩が貧しくなっていいことなんてひとつもないと思うんですよ。

和合：僕自身、日本語で詩作や朗読を続けているわけですけれど、日本語だって独特のリズムやビートも作り出すことができる。日本語にはまだまだ未知の部分があるんじゃないかなと思っています。魂の解放……、自分自身も強くその必要を感じます。詩の朗読には大きな動きを生み出せる可能性があります。日本ではまだ未知の領域と思っているかたもいるかもしれません。たとえば吉永小百合さんは長年、朗読を続けてこられている。震災以降、『詩の礫』など私の作品をずっと朗読してくださっているのですが、詠み続けてくださることで作品に深い輪郭を与えてくださっている。いろいろなかたに声の力で手渡してくださっています。朗読にはすごい力があるのに本当の意味でまだ日本では浸透していないのかもしれないと、吉永さんご自身もおっしゃったことがあります。

後藤：コロナ禍がなければ、本格的に朗読イベントを始める予定だったんです。もう仮タイトルも決まっていて「ＯＰＥＮ ＭＩＫＥ」にしようと思っていました。参加者と演者を分け隔てしない、誰が詠んでもいい詩のイベントをできないかと。バックでノイズとかドローンミュージックとかを名うてのミュージシャンたちが演奏していて、その前でみんなが自作の詩を朗読できる。小さな規模から始められればと思っていたんだけれど、今は人が集まることが問題になってしまう時代。二年でも三年でも一旦揉んでみてから再始動するのもいいかなと思っています。

和合：人が行き交う場所の中心に言葉があって、そこに集まっていくことで何かを守っていく。スロベニアの人たちが母国の言葉を守ったように。そういう考え方が私はすごく大事なんだと思います。後藤さんが考えておられる詩や朗読の在り方、非常に興味深く思います。新しい時代が間違いなくやってくる、その通過点としてのこの十年の意味をしみじみと受けとめています。

第3章 十年記

二〇一一年 四月

◎故郷の名が悲しみの象徴に

「福島」という地名が今、「広島」と同じくらいの意味合いを持ち始めていると感じます。これまでは自分が書く詩の中で、豊かな自然、温かな故郷というイメージで「福島」という言葉を使っていましたが、つらさや悲しみ、人間のもたらす最大の脅威の象徴のように、変化してきているように思います。

東日本大震災から約一週間後、ツイッターで詩をつづり始めました。私は福島市に住んでいて、屋内退避地域ではないのですが、それでも放射能への不安から、勤める高校へ行く以外は家の中で過ごす時間が長くなっています。

「海のきらめきを、風の吐息を、草いきれと、星の瞬きを、花の強さを、石ころの歴史を、土の親しさを、雲の切れ間を、そのような故郷を、故郷を信じる。」

たくさんの詩が頭の中に、止めどなくほとばしりました。「詩の礫（つぶて）」と銘打って、例えば、こんな言葉を発信し始めたところ、全国のみなさんからびゅんびゅん返事が来て、二百件くらい届いたりする日もあって、驚きました。

僕は未完成のものを送り続けていると思っているのですが、「心が折れそうになっている私を導いてくれてありがとう」「電車で読んでいて、涙が止まらなくなったのでいったん降りました」という返事や、テレビや新聞が伝える情報に追われて、自分がどこにいて何をしていいか分からなくなるという人から届いた「気持ちがすごく静かになる」という声に力づけられています。普段、詩集を読んでくださっている方々はもちろん、また違う層の反応も、とても多いようです。

　妻と子どもは山形に避難し、私は集合住宅の部屋に、一人でいます。余震が続く中、この「福島」という前線で暮らし、今起きていることと、感じることを伝えていきたいという気持ちでいます。（談）

◎がれき広がる荒野に立って

　東日本大震災から一カ月となる日を前に、津波の被害に遭った福島県相馬市の現場を車で訪れ、絶句しました。

　がれきと言えば簡単ですが、こっちには毛布、こっちにはタイヤといった具合に、日常なら約束事に従ってそれぞれの場所にあるはずのものが、無秩序に散らばっている。岩手までの海岸線がずっとこうなのかと思うと、ぼうぜんとします。がれきに対抗しようと、クレーンが動いていますが、それは茫漠（ぼうばく）とした風景の中であまりに小さく見えます。

　原発事故のため、立ち入り禁止の地域は遺体すらそのままで、やせた牛や馬が歩き回っていると聞きます。これまでの社会、私たちの生活ははっきり、崩壊しています。

　今回の震災は、人類の歴史の中でも最も大きな傷の一つ。私たちは人間が培ってきた知識や経験に、物質社会の中で万能感を持っていた部分がありますが、万能なことなんて、ない。傷に何かをあてがってごまかすのではなく、がれきの荒野に立って、そこから始めなければならないと思います。

　変わらない日常の鼻先に廃虚があることを知りましたが、言葉にできない光景を見た上で、自分なりに動きだし、何かを伝えることが、苦しんでいる人たちに力を与えられるのなら、という思いでいます。可能な限り現場に足を運び、これからも自分の見たものや知ったことを、詩の言葉として書いていきます。

四月に入り、勤める高校でも新入生を迎えました。道端にはつくしが生え、スイセンが花を咲かせています。山形に避難していた妻と息子は福島に戻ってきました。中学生になった息子の真新しい学生服を見て、楽しみにしていたのに故郷で着られなかった子もいるであろうことに思いをはせます。

自転車に乗るのが気持ち良い今の時期が大好きなのですが、放射能が気になるので、自転車にも乗れないし、深呼吸すらはばかられます。

でも、体にふっと入ってくる風に「春だな」と感じるんです。（談）

二〇一一年 五月

◎同じ傷を共有しながら

東日本大震災で津波が直撃した新地（しんち）駅（福島県新地町）。町の要衝である駅は、レールが駅の階段に巻き付いていて、相馬市で見た情景とはまた違うすさまじさです。

浜通りは、JR常磐線中心の生活。例えば、強風などで常磐線が止まったら学校が休校になる。スポーツ大会も中止になる。そんな暮らしの生命線が断ち切られて、陸の孤島になってしまったと感じました。

がれきの山の前では、圧倒的にマンパワーが不足している。一、二年で本当に片付くのだろうかという印象を持ちます。

私はどんなことでも楽しみたい、人を楽しませたいと思うタイプなのですが、震災やそんなふうに変わり果てた故郷の姿にショックを受け、数年の間は人前で話すことをやめようと思っていました。

でも、閉じこもったままでいた私にイベントをしようと声をかけてくださる人がいて、四月末に震災後初めて上京し、ツイッターで発表している「詩の礫」を皆さんの前で朗読する機会をいただきました。涙を流しながら聞いてくださる方もいて、同じ傷を共有していることを感じました。

落ち込む前にやることがある、と自らを奮い起こす力が自分の中にあることを感じられる場を与えていただきました。

会場にいたフランスの方は「もしフランスが日本のような状況に置かれたら、絶望感でいっぱいになって、何かをしようという気にはならないと思う。日本人は強い。日本がどういう行動をとって社会を立て直していくのか、注目したい」と話してくれました。

震災、原発事故、風評被害……。土地を離れざるをえなくなった人たちは、故郷に戻れないことが絶望の中核にあります。復興ではなく再生を目指して、原発に代わる新しいエネルギーの基地を造り、それが結果的に雇用を生み出すような仕組みができたらと思います。

故郷に戻れると思っただけで、この一日一日を明るい気持ちで過ごせるのではないでしょうか。

（談）

二〇一一年 六月

◎温度差を超えて

阪神淡路大震災の被災者が合唱団の中心メンバーとなり、レクイエムを歌うことで思いを伝え合う「レクイエム・プロジェクト」を手がける作曲家の方とお話しする機会がありました。とても静かに「十年間で、被災者への支援は見る間に少なくなった」と実感を語っていました。

直接、間接の違いはありますが、今は日本全体が被災者かもしれません。ただ、それでもあえて言うなら、温度差があると感じます。特に東京は、東日本大震災のことをだんだん忘れてきている、忘れようとしていると感じます。

これは太平洋戦争があって、その延長に今があるということ、そして、アジア各国への侵略や広島、長崎の被爆体験を真摯（しんし）に受け止めてこなかった、戦後日本の姿と同じではないでしょうか。

一九六八年生まれの私はこれまで、その歴史と本当に真剣に向き合おうとしてこなかったように思います。負の部分を受け止めた上で、他者と傷を分かち合うことから始めないといけない。

マスコミが取り上げて、私たちが意識している問題とは違う、まだ見えていない問題にもむしばまれているはずです。そういったことも含めて、子どもたちに残す社会の在り方を日本全体で考えるべきではないでしょうか。

地域の温度差で言えば、東京と被災地という違いだけでなく、被災地の中でも差があるような気がします。隣り合っている自治体でも、原発問題が直接関わってくる街とそうでない街では物の考え方、とらえ方が違うといいます。

これからが、震災への向き合い方が問われてくる大事な時だと思います。どこに住んでいても、自分の傷だけではなく、人の傷も自分のこととして受け止める意識、平等の意識を持たないと、震災自体、なかったことになってしまう。そんな危惧を感じます。

（談）

二〇一一年八月

◎福島という場所で書ききる

東日本大震災から約百日間にツイッター上でつづった詩などを『詩の礫』『詩ノ黙礼』『詩の邂逅』という三冊にまとめました。

震災までは、自分の書いたテキストを詩や文学が好きな人に手渡して、分かり合えたらいいと思っていたんです。でも震災後、ツイッター上に投げた言葉に対して、たくさんの方が言葉を返してくださり、意識が変わりました。震災前の自分の詩に比べると、今使っている言葉は分かりやすくなっているのですが、それは同じ空気を吸いたいという気持ちの表れなんです。言葉の表情は変わっても本質的なものは変わっていない、と自分では思っています。

『詩の礫』は一人の空間で、詩に、言葉にすがるようにして書きました。『詩ノ黙礼』はそこから反転して、被災地を訪ね、写真を撮り、世界を見て詩を書いた。ツイッター上でいろいろな読者の方と出会って、気力が戻ったから、外に目が向けられたのだと思います。『詩の邂逅』は被災者との対話も収録しましたが、そこで感じたことが『詩の礫』や『詩ノ黙礼』にフィードバックされていきました。

詩の中で、地名をためらいなく言葉にして書きました。もっとこの地名を広めてくれ、地名自身がそんなふうに言っているような気がしたんです。

心配だったのは、被災者の方がどう受け止めるかということでしたが、手紙で感謝の言葉をもらいました。ツイッターの詩は画面上で流れていきますが、書物という形にすることができた。自分の震災に対する思想を込めたこの三冊を持って、被災者の方々の中に飛び込んでいける、そんな印象を持ちました。

　震災から生まれた言葉たちが、震災以外のこともはらむような普遍的なものを、僕は、福島という場所で書ききりたい。震災の影は十年、二十年と残り続けると思います。これからが長い戦いになるんだと思っています。（談）

二〇一一年　九月

◎空恐ろしい静けさに抗う

　今、福島は、静かな難しさに直面しています。体に感じる余震が減って、原発事故も、状況は決して良くなってはいないけれど、沈静化しているように見える。

　一方で、特に小さいお子さんがいる家庭は、お父さんだけが福島に残って家族とは離れ離れ。商店などは、ここも、ここも、という感じで店をたたむところが増えてきた。そういったことが静かに進行している空恐ろしさがあります。

　こういう状況だからこそ、福島から、今の思いを発信していくことが大事になると思うんです。難しいものと静かに向き合い続けるよりも、何かを発信していくことが、この時間に何かを突き刺していくことになる。

　先日、「福島連詩の会」を催しました。小学生から七十代までが参加して、福島というキーワードで語り合いました。

　子どもが作った詩で印象的だったのが、人と人をつなぐ絆の布を「さあ縫おう　さあ縫おう」と呼びかけるものです。大人がやり場のない感情を抱いている時に、この呼びかけが、心に響きます。

　日本全体へのまなざしも必要ですが、小さな世界で何を感じているのか、お互いに確かめ合い、それを発信していくことが大切だと感じています。

もともと日本は、小さな地域の集まりであるはずなのに、そうではなくなった。国全体が一つの工場と化して、その動力源としての福島が壊れてしまったから切り離そう、別の動力源を造ろうとしています。それは、一つ一つの地域の発信力がそがれてしまい、地域の人たちも語らなくなってしまっているから出てくる思考だと思うんです。

地域の内側からのまなざしと地域の外側からのまなざし、両方を持たないといけない。それが、それぞれの地域の文化や社会のよりどころを探すことにもなるのではないでしょうか。

（談）

二〇一一年十一月

◎冷たい国、温かい人

避難所の一つだった「ビッグパレットふくしま」（福島県郡山市）で生活した方々が、足湯の最中などにもらしたつぶやきが『生きている生きてゆく　ビッグパレットふくしま避難所記』（編集・発行＝同書刊行委員会）という本にまとめられました。

つぶやきを読み、写真を見ると、福島に住む私にも想像できない時間を過ごす被災者の方々の姿があります。

「ビッグパレットふくしま」には、避難所内だけで聞くことができるラジオ局があった。「聞きたい曲があるの。でも、リクエストできない。泣いちゃう。亡くなった息子がいて、その子が好きだったの。巨人の星のテーマ」とつぶやいたのは七十代の女性。声高に語られる話ではなく、つぶやきの中にこそ、本当のあきらめや悲しさが出てくるんです。

草の根の声は、新聞に大見出しで載ったり、週刊誌に書かれたりはしない。でも、そこに思想のよりどころを置かなければいけない、置いてほしいと思います。

福島から思いや情報を発信する「プロジェクトFUKUSHIMA!」で一緒に活動するギタリスト大友良英(おおともよしひで)さんが、チェルノブイリを訪れました。そこで、人々の気持ちが今もふさいでいるのを見て、25年経っても気持ちはこんなふうなのかと感じたそうです。

チェルノブイリ、広島、長崎、沖縄といった、われわれが抱えてきた歴史的な困難について今、見つめ直す時かもしれません。その方法として大上段に構えずに、それぞれの場所で生きる一人一人のつぶやき、暮らしに思いをはせることが必要ではないでしょうか。

被災地に行くと「冷たい国」「貧しい国」という言葉をよく耳にします。一方で優しい言葉をかけてくれたり、気遣ってくれたりする「温かい人」の存在を実感します。

日本全体が「原発県」、日本全体が「避難所」。大げさかもしれませんが、そんな発想で、思いやりや優しさについて、心をめぐらす時期にきているのではないでしょうか。

（談）

◎現代詩の終焉

詩誌『現代詩手帖』の二〇一一年十二月号に「詩が引き受けるべき未来」という鼎談が掲載されました。

詩人たちが、震災直後から私がつづってきた「詩の礫」についても言葉を交わしているのですが、残念ながら外様の視点、なぜ福島から避難しないのか、避難しないのが悪いという視点を、特にある若手詩人からぶつけられてしまいました。

避難しない人たちは、家族がいて、高齢の親がいて、すぐに土地を離れられない事情がある。地方に住んでいると、親の面倒を見て、最期を見届けるというのが、今でも子の役目みたいなところがあります。

鼎談を読み、そんな状況を深く知ろうとせずに線を引いて満足している姿が分かりました。自分たちからすごく遠いものとしてとらえてしまっていると感じました。

そう感じられる別の人のコメントを、ほかの文芸誌でも目にしましたが、表現活動でこういった言説とどう戦っていくのか、それが次の目標だと思いました。

現状を知らぬままに、そのことを棚に上げて境界線を引いてしまうのが日本人のメンタリティーだとしたら、原発問題と戦うのと同じくらい、そのこととも戦う必要がある。

私は、ただ被災者だから声を大にしているわけではなく、詩を書いている人間として、その立場から言ってきたことが多いんです。

陸地だけでなく海が汚染されていると考えると、福島だけではなく世界の問題。それにふたをして閉じ込めてしまっては、これまでの歴史と同じことが繰り返されるだけです。

被爆者や差別の問題などを書いた作家井上光晴さんが戦後、登場した時には、同志がいっぱいいたのではないかと思います。現在の状況では、アンチテーゼの文学というのは成り立たないでしょうか。

体で感じた言葉ではなく、頭で考えた言葉。

それは詩ではありません。鼎談を読んで、ここに現代詩の終焉を見たという感じがしています。
（談）

二〇一一年十二月

◎異様の国

先日、防護服を着て東京電力福島第一原発から二十キロ圏内に入りました。もう一つの皮膚をまとったような独特の感覚でした。町は震災当時のままでした。鳥が飛び、サケが川を上り、柿が実っている。自然は変わらず季節を描いているのに、人の姿が全くありません。

石を積んだ慰霊碑があったので手を合わせました。一時帰宅した人たちがお花やお線香をあげているようです。こういう静寂、異常な静けさがこれから何十年も続く。震災前に戻ったような都会の喧噪がある一方、これだけの静けさを抱えた町が同じ国の中にある。

防護服を着て静寂の中を歩いていると、徒然草の一節が思い浮かびました。宴会で頭にかぶった置物が取れなくなった法師が布で頭を隠して医師と向き合う姿を「さこそ異様なりけめ（実に異様なことであっただろう）」と書いている。法師と、防護服の自分が重なり「異様」を感じました。

防護服なしで暮らしている福島市より放射線値が低い場所もあるのに、二十キロ圏内は立ち入り禁止。そんな、人のなせる業のちぐはぐさも「異様」だと思いました。

それから一週間後、宮城県南三陸町へ行きました。「一万人の第九」公演会場の大阪城ホールと中継を結んで、オーケストラの演奏に合わせて詩を朗読するためです。

町の防災対策庁舎の前で「高台へ」という詩

を読みました。防災担当の女性が最後まで「高台に逃げて」とアナウンスをした場所です。女性はその後行方不明となりました。朗読をしながら、女性や南三陸で亡くなった人たちの存在を感じて涙が出ました。大阪では、指揮をしていた佐渡裕さんも歌っている人たちも泣いていたそうです。

震災はわれわれの中にはっきり〝ある〟と思いました。時間の経過で「三月十一日」が薄れていくのではなく、ただ沈んでいるだけなんです。朗読をしながら、三月十一日がありありと呼び覚まされる気がしました。一万人と一緒に泣けたことは、私にとって本当に大きな経験でした。（談）

二〇一二年 一月

◎精神の支柱奪われて

私が住む場所のすぐ近くで作られた米からセシウムが検出されました。テレビのニュースで、近所の農家のおじさんが憤慨してしゃべっている様子が映し出されていて、今さらながら自分の周りで起きていることの重大さを感じました。

ツイッターで発表した「詩の礫」で、「ふるさとを返せ」と書いてきましたが、あらためてその思いを強くしています。幼いころから水田を見て育っているので、自然と一体化した私たちの感性そのものを奪われてしまった悲しみを抱いています。米はこの土地の生活の基盤で、ある意味で精神の支えなので、セシウムが検出されたと聞いてぼうぜんとしています。

昨年三月の時点では今年は農作物が作れない

だろうと言われていましたが、大丈夫だということになり、田植えをした。それなのに、農家の方が一生懸命作ったものを捨てざるを得ない状況になるなんて……。

四季を通じて風土と共にあった生活が、土に触ってはいけない、じかに草の上には座れない、風を受けても放射性物質のことが気になる、そんなふうに変わってしまいました。

自然の摂理が狂ってきているとも思います。陸上の農作物だけでなく、汚染水が漏出した海についてはどうなっているのか。その情報はほとんど知らされていません。

原発事故の収束作業をする一方で、原発輸出の前提となるロシア、ベトナム、ヨルダン、韓国との原子力平和利用協定が、国会で承認されました。

体の右半分と左半分ですることが違う。日本とはいったいどんな国なんでしょうか。人間のなせる業が負のスパイラルをどんどん増幅させていく。あまりにも愚かです。

こういった感情が、今、福島に住む私たちだけが抱いている局所的なものなのか、福島以外に住む人にもこれから広がっていくものなのか、まだ分かりません。しかし、目の前で起きていることについて考えることを避けてしまってはいけないと思うんです。

（談）

二〇一二年 四月

◎言葉が防護服を着てしまった

ふたたびの春の日に、思い返している。昨年十一月、東京電力福島第一原発の二十キロ圏内に足を踏み入れる機会を得た。かつて暮らした福島県南相馬市、小高（おだか）町、浪江（なみえ）町の辺りを歩いた。初めて着た防護服。手首や足首に厳重にテープを巻き、衣服の上から着る。私という人間そのものを覆われてしまった感じがした。ここに自分が存在しないような、不思議な印象に駆られた。これは震災後の私たちに与えられたもう一つの皮膚なのだ、そんな思いがかすめた。

浪江の駅まで行ってみた。本当の〈皮膚〉で私たちは、ついこの間まで、ここで暮らし、語り、笑い合っていたのに。無人の町は震災直後から時間が止まったかのようだった。運動靴が干されていたり、窓が開けっぱなしのままだったり、横倒れの自転車、家が斜めに傾いていたり……。送り迎えで賑(にぎ)わっていたはずの、ホームの静寂が恐ろしい。路地の家の軒先では柿が真っ赤だ。とてもよく熟れている。

請戸(うけど)の港へ行った。ここは原発の爆発後に、すぐに立ち入り禁止の指定がなされた。岸辺に倒れた瀕死(ひんし)の方を救助することができなかったと聞いた。何という無念な話だろう。一時帰宅を許された方が手を合わせていく慰霊碑が近くにあると聞き、その前に立ち、祈った。海も風も鳥も、驚くほどに静かだ。すぐ近くに原発の排気筒が見える。あの下には、命がけで働いている方々が居る。何の気配もない波打ち際の時を、防護服の下で感じる。マスクのゴムの痛みに耐える。

私はかつて南相馬のアパートの前からここまでを、よく趣味のサイクリングで走った。海のきらめきを眺めるのが楽しみだった。静けさを破るようにして、水音がした。河口に魚影。シャケだ。そうだ、これは秋の終わりごろの請戸のなじみの光景である。私は涙を禁じえなかった。誰も命をおしとどめることなどできないのだ。魚たちは卵を産むために、川上を目指しているではないか。

ここは無人の国だ。不条理だ。浮かぶ詩句をメモする。

言葉が
防護服を着てしまった
何も
語らないために

心が
防護服を着てしまった
泣いても
分からないために

　どうかこの恐ろしい静けさを、あまねく日本人に肌で感じてほしい。しかし難しいことだ。ずっと不可能なのだ。これからも防護服という別の〈皮膚〉の内側にあるのだから、私たちの〈肌〉は。

　数日後。花曇りの深夜の東京・渋谷駅の入り口に立っていた。待ち人来たらず。人々の姿を眺め続けた。高層ビルと巨大なスクリーン、鳴り止まない音、車のクラクション、横断歩道を急ぐ群衆。深夜の都会の人混みは突然に、なぜだか私を昨秋の無人の町の記憶へと連行していった。

眠らない夜の空に叫び出したくなった。
みなさんに知ってほしいことがあります。
誰もいなくなった町があるのです。
誰も知らない海があるのです。

誰かの訪れを待つ慰霊碑があります。

この、同じ日本に。

二〇一二年 五月

◎言葉をあきらめない

二十年間詩を書いてきて六冊の詩集を出しましたが、東日本大震災からの一年間でそれを超え七冊の本を出版しました。

震災後、「和合さんが書いているのは果たして詩なのか」と一部の方には言われましたが、礫をひとつひとつ拾い集めて、小さな真実を積み上げていく、ありのまま、そのままに記録していくことを続けました。

一年で七冊もの本を出したということは、これからもしていかなければいけないことが膨大にあるということなんだと思います。

すでに私の詩の言葉は合唱曲になったり、演劇になる予定があったりしますが、この一年間に継続してきたことを続けつつ、さらに新しい形での伝え方を模索していきたいと思っています。

詩人の宮沢賢治は多ジャンルで活躍しましたが、切迫した何かを伝えるべく、詩や童話などあらゆる形を用いたのではないかと思います。

今あらためて、震災直後からの言葉をまとめた『詩の礫』を読み返すと、その時の自分が呼び覚まされます。震災後、「記録と文学のはざま」というテーマが、自分に与えられました。

震災前までやってきた象徴詩と、伝わりやすい記録詩、機会詩。その両輪で文学表現に本気で取り組もうと考えています。

私は、昼間は教諭として高校に勤めていますが、若さに触れることが、詩を、言葉をあきらめないという気持ちにもつながっています。生徒と触れ合うことと、詩を書くこともまた、両輪のような気がしています。

原発事故後、福島は「フクシマ」とカタカナで書かれることばかりですが、子どもたちは、カタカナ表記は嫌いだと言います。現実はカタカナなのかもしれませんが、現実を受け止めた上で、やわらかなぬくもりを感じる「ふくしま」「福島」へと戻していけるようにしたいと思っています。（談）

二〇一二年 六月

◎デモから伝わる危機意識

脱原発を訴えるデモが官邸前などで継続的に行われています。行動で自分たちの考えを発信しようとしている様子を見ていると、「今、起きていることは何なのか、考えよう」という危機意識を持つ人たちが確かにいるのだと感じます。

政治そのものが大きく崩れていく中で、そういったセンサーを持たないといけないのではないかと思います。

関西電力大飯原発再稼働の際などには、私のツイッターに多くの反応が寄せられました。一人でパソコンに向かっているのですが、画面の向こう側にいる人たちと空間を共有しているという感覚になりました。

デモやツイッター。新たなコミュニケーションの形が、政治そのものを根本から覆していくのではないでしょうか。

一方で、メディアの報道や政府の姿勢はどうか。震災から一年半近くがたち、福島がなおざりにされて、原発事故がなかったことにされてしまいそうです。無視されることで、人の尊厳や誇りはそこなわれていきます。そして、そこなわれた尊厳をケアする仕組みは、残念ながら今のところありません。

それは例えば、歴史的に常に犠牲を強いられている沖縄、原爆を投下された広島・長崎、そして、高度成長の陰で多大な被害を受けた水俣などにも言えると思います。

震災後、福島で住民の方たちにインタビューをして『ふるさとをあきらめない』という本にまとめましたが、これから、福島はもちろん、沖縄や広島、水俣などに住む方たちの話も聞いてみたいと考えています。

戦争や原爆などは歴史的な事実として知ってはいても、震災や原発事故を経験した今、その事実に対しての感じ方が全く違います。福島の人間である自分なりに、思いを重ねてみたいと思っています。（談）

二〇一二年 七月

◎季節を心に呑み込む

私の実家は、今暮らしているところから車で五分ぐらいのところにある。山にさしかかる緑豊かな地域で、地名もずばり「福島市山口」という。近いけれど、いろいろと忙しいことがあって、なかなか父母の顔を見に行けない時がある。だけど電話で長話をしたりしている。まあ、これでは遠くに住んでいるのと変わりないが……。両親が健在だからこそ、仕事に没頭することができる。感謝している。

不思議なもので、とても近くにあるのに、仮に「故郷の風景とは？」と問われると実家の庭がまず頭に浮かぶ。庭の手入れの好きだった祖父母だった。敷地にはいろんな植物があって、季節ごとに表情が変わるのを、幼いながらとても親しく家族と眺めていた。自分なりに花壇をこしらえたりもした。くるみ、柿、イチジク、椿、杉、ヒバなどの木。いつも私を見守るようにして一緒に背丈を伸ばしてきた。

一番奥が私の部屋だ。くるみの木は、窓のすぐ前に大きくそびえていた。夜更けに涼しい風を入れながら、眠りに落ちていこうとすると、ぽとりと音がした。何だろうとびくびくとしていると、再び。暗闇を探してみると、くるみの実が転がっているのが分かった。それからはむしろ、この物音を聞きながら夜を過ごすのが好きになった。何か静かに話しかけられているような気がして、こちらも何かを答えたいと時折に願った。

震災後、くるみは枝が折れてしまった。本震と同じほどの余震が続く中で、さらなる大きな揺れが来ないとも限らないという不安から、木を倒すことが決断された。私は母からの電話で、それを知った。たとえようのない切なさを感じ、家に戻り、切り株を眺めた。ついこの間まであった確かなる、大いなる私の〈季節〉が失われてしまったことが分かった。もう二度と木と言葉を交わすことができないのだ。

震災から一年が経って、今度は放射能の心配から、三本ある柿の木のうちの二本を切ることとなった。たった今、母からそれが終わったことを電話で知らされたばかりである。家に行き、風景を喪失して、〈季節〉を心に呑み込むしかないのか。無念。

二〇一二年 九月

◎言葉の周りに人が集まる

欧州文化首都主催の国際詩祭が八月、スロベニアで開かれ、日本から私を含め詩人五人が招待されました。スロベニアの詩人五人と一週間、互いの詩を翻訳するワークショップは刺激的でした。

スロベニアの詩人たちに聞いた話が心に残っています。スロベニア語は過去に幾度か危機的な状況に陥ったが、危機の時代に詩人が果たした役割は大きかった。詩を書き、地下活動として朗読をしたのだそうです。

スロベニア語が残ったのは奇跡だといわれています。人口は二百万人ほどで、福島県と同じぐらい。その人たちが自らの言葉を失いかけた時、母語で詩を朗読した。言葉の周りに人が集まってきて、結束を高めた。

滞在中、私もステージに立ち朗読しました。約五百人の聴衆がワインを飲みながら楽しんでいるのですが、手応えがすごい。詩を読み終えてしばらくは、拍手が鳴りやみませんでした。

言葉を、故郷を守るために朗読し、老若男女が集まる。それが文化として根付いた。その事実は、福島で詩を書く私を励ましました。

私は昨年の三月十六日から、ツイッターで詩を発信し始めました。数日前に原発が白や黒の煙をあげ、妻子も隣近所も避難していました。私は一人だった。絶望していた。福島は終わりだと。だから、言葉を残したい。誰かに届けたい。泣きながらパソコンをたたきました。

「行き着くところは涙しかありません」「放射能が降っています。静かな夜です」「私は故郷を捨てません。故郷は私の全てです」

涙、故郷、悲しい――。難解な現代詩を書いてきた私が、それまで決して使わなかったようなベタな言葉が出てきました。

後に詩集にまとめると「大衆迎合」「文学ではなく政治だ」と批判されました。それに戸惑っていた時期もあります。

でも、スロベニアから帰り、迷いがなくなりました。スロベニアで朗読に人が集まり、共に政治や生き方を考えてきたことと、福島で今、言葉を発信していることは、どこか重なっていると思うのです。

言葉には真実があり、故郷がある。日本語の中に歴史があり、未来がある。だから私は、今日もここで、言葉をつづります。（談）

二〇一三年 一月

◎真冬の樹影に祈る

少しでも揺れを感じると、私たちは青ざめる。頭の中はあの日にすぐに戻る。これは理屈ではなく、体の奥底で分かる、はっきりとした何かである。

阪神淡路大震災を経験した京都の方から、こんなふうにうかがったことがある。「私たちは震災を骨で記憶している」と。

不意の震えに襲われて私たちは身構える。たとえそれがいかに小さくとも私たちはつぶやく。「来たッ」。そして何もかもを鮮やかに思い起こすのだ。

ある時に神戸の女性は、私を強く見つめてこう語った。「家族を失った悲しみは、あれから十数年経っても少しも消えていない。あの日の地震は昨日のことのように思っている」。

津波にさらわれたままで戻ってこない知人がいる。家と家族の大半を失われてしまい、寂しさに耐えながら避難暮らしをしている友が同じ町にいる。福島の人間はことごとく痛めつけられてしまった。原子力発電所の爆発という最悪の出来事が重なり、災いの出口はまだ、見当たっていない。

ある週末の夜に、地震で目が覚めた。いつものようにまず息子、次に妻、そして私の順序で外に出た。

大事に至らなくて済んだのだけれど、それから眠れなくなって、私は着替えた。近くのコンビニまで、缶コーヒーを買いに出かけた。

雪降る夜の道を踏みしめて目が潤んでしまった。地が揺れ、たくさんの命が奪われてしまったという事実が、大きな傷として私の〈骨〉にも刻まれてあるのがなぜだか鮮明に分かった気がしたのだ。京都や神戸の方々のお話の通りだ。私たちの中に、はっきりと震災がある。神社のそばを通った。神木が見えた。手を合わせる。昨日のことのように思って眠れない。真冬の樹の影に祈る。福島よ、東北よ、阪神淡路よ。

◎分からないこと

久しぶりの休みがあると、どのように過ごしていいのか、分からなくなる。

ふだんは教師をしている。そして休日はこれまで講演や対談、取材をするために、遠くへも近くへも足を止めずに出歩いてきた。東日本大震災後の現状について話す機会や聞く場の一つ一つに感謝して、断らずにどこへでも出かけた。

どうしてこんなに動くことができるのだろうかと自分でも不思議になることがある。無念に世を去った、数え切れない方々や友人や教え子に対する申し訳なさが心の中にある。

一昨年の暮れは、大晦日の夜まで被災者へのインタビュー取材をした。さすがに元日は止(や)めることにしたが、二日からは、またあちらこちらへ。年の暮れと初めの忙しい時に、メモとボイスレコーダーとを持った見知らぬ人が茶の間に現れるのだから、迎えるほうも大変だったと思う。後に『ふるさとをあきらめない』というインタビュー集などをまとめることができた。

しかし今回の年末年始はテレビやラジオの生放送などで話をさせていただいたりはしたが、比較的におだやかに過ごした。震災後の事実がどれ一つとして解決しているわけではないのに、休んでよいものだろうかという悩みが生じた。

ひどくさいなまれている感じが強い。休めない。気持ちが湧かない。深い疲れを感じる。一年を走り切ったという感じはないのだろうか。いや、むしろリタイアしてしまったという感覚のほうが強い。新しい年に、何だか情けない気持ちが募る。

教えてほしい。生き残った私は何をするべきなのか。行方不明の彼らはどこにいるのだろうか。初夢に何を見るべきなのか。どうすれば休むことができるのだろうか。何も分からない。そのまま「休み」は、ただ終わるのだった。

二〇一三年二月

◎また明日

詩を書くのは朝。特に目がすっかりと覚めてしまわない時のほうが良い。大体四時から五時の間に起きることにしている。

もともとは夜遅くならないと筆が進まなかった。二十代のころなどは反対に朝の四時まで起きて、仮眠をとるようにして横になってから、ふらふらと職場へということがしばしばだった。今はそこから一日を始めている。不思議だ。

そのかわりに早く寝る。深夜の電話などが多かったが、だんだんと来なくなった。午後十時過ぎには眠ってしまっていることが分かっているからだ。「朝早く仕事をしているのは漁師とお坊さんと和合」などとからかわれたりしている。

例えば朝の五時ピッタリに針がさしたところで目を開く。床の上でなぜだか手を合わせて立ち上がる。無意識に、素直に感謝をしてしまうのだ。しかし駄目な時は、自己嫌悪と共にふてぶてしく布団をかぶる。

人はいつも時計を前にして「時」と「刻」と「間」の三つと向き合っている。朝の想像。まず一つの「時」が、未明に無数の他の「時」を連れてくる。短針と長針とに「刻」まれる。「間」とは「時」と「時」のつながりの谷「間」にある。半分眠ったままだとそれが長くも短くも感じられる。

半覚醒のまま書斎へ。はっきりとしない頭の中で、いろんなイメージがやってくるのを、そのままにする。

夜明け。三月十一日を前に、震災後に亡くなった知人や友人や多くの方々の胸の内を思う瞬間がある。目覚めることができるとはそれだけで幸せだ……。つぶやきが「間」の中から聞こえてくるかのようだ。心の「刻」みがある。言葉がやってくる。やがて家族や近所の人々が小さくざわめきだす。頭が完全にさえてくる。逃げてゆく。詩。

二〇一三年 四月

◎みたびの春に

四月となり、枯れた草が残ってぼうぼうとしている田園を眺めている。その下に新しい芽吹きがある。ここは福島県飯舘村（いいたてむら）。私はすぐ近くの南相馬市にかつて住んでいた。この村の通りを抜けて、実家のある福島市と南相馬市を必ず行き来したものだった。春の今ごろの季節は田んぼに手が入り始める。農家の方々の忙しそうな風景が目に入った。初夏の季節にさしかかると、水田には稲の葉が生え揃って、青々としてくる。

夏の盛りになると、飯舘の景色はいよいよ活気づく。車を走らせていると、ぐるりと辺りを一望することのできる地点があり、そこで光りを浴びた野山と空を眺めるのが好きだった。さっと風が吹くと稲の穂がいっせいに揺れて、光りの波をさまざまに見つけることができた。夜はカエルの声が追いかけてきた。車の窓を開けて、土からの歌声に耳を澄ました。

全ての始まりの春なのに。あれほど村の方々が大切にしていた野と山と田畑に、丈高い草が生えて、枯れ残っている。いつかどこか異境の平原を旅してみたいと思ってきたが、こんな近くに荒れ果ててしまった〈平原〉が出現している。ハンドルを握りながら涙が出そうになる。原発爆発、全村避難。震災後、二年が経過した。誰もいない村。広がる、枯れた田畑。

辺りを見渡せば、何かが大きく間違っていることに気づかされる。どこに怒りを向ければ良いのか。そのぶつけどころが分からない。こんなにも簡単に人は何かを奪われて、唇を嚙みしめるしかなくなるのだろうか。やせ細ってそれでも立ち尽くしていた飯舘の牛たちの姿が目に浮かぶ。悔しさに、涙がこみあげてくる。

南相馬市に久しぶりにやって来た。明日は新しくできあがったホールで、私が震災後に書き続けた詩だけで構成された、合唱曲のコンサートが開催される。仕事を終えて、そのレセプションパーティーに何とか間に合うことができた。パーティーの中で、いろんな方のお話や余興の歌声などに耳を傾けているうちに、心が静けさを取り戻していくのが分かった。南相馬に心を決めて暮らす人々。全国から駆けつけてくださった方々の顔。まずはこうやって集まって、時を分かち合うことができることに感謝をしたい。

　パーティーの中で、ある方が私に、かつてのこの街に立っていた無線塔の写真集をくださった。そびえ立つ高い塔の姿は、人々の自慢だった。撤去されてしまい。今は見上げることはできない。眠る前にホテルでそれを開きながら、生きることの誇りとは何かを考えた。

二〇一三年　六月

◎ヘリコプターにて

　ジャーナリストのSさんの取材に同行して、ヘリコプターに乗った。相馬から浪江の上空を移動しながら地上を眺め渡すことになった。初めて乗ることになり、いささか戸惑いもあったが、何よりも空から被災地を俯瞰してみたいと思った。酔い止めの薬などを事前に飲みながら、乗り込んだ。津波から二年三カ月。自然の脅威そのものが、水平ではなく上空から全体的に感じられた。

　震災当時から、現地へと出かけていった。二十代の時、浜通りに六年間ほど暮らしていたことがあって、なじみ深い場所に足を運び、レポートや詩を書いたり知人にインタビューをしたりした。取材で通っていくうちに、浜辺などが片付けられていく様子が分かった。あれほどさまざまなものが散乱した甚大な被害の光景はしだいに変わっていった。がれきなどが撤去され月日が経つごとに跡形もなくなっていった。人間の力はすごいと感じてきた。

　上空へと向かい、高さが増していくにつれて、光景は広くなった。建物も田畑も何もない、引きはがされてしまった丸裸の土地。それが上へと進むにつれて、あらためてであるが、何と広大であるのかがよく分かった。あんなにはるか遠くまで、黒い波が押し寄せていき、何もかもを根こそぎ奪っていったのだ。めまいを覚えた。これはヘリコプターの揺れでは決してない。機体は安定して静かな空を飛んでいる。

かろうじてわずかに堤防が残っているのを見つめていて、目が潤んだ。あれは、鹿島の真野川付近の海水浴場だったところ……、あれが川だ。サーフィンで人気のエリアでもあった。豊かな美しい林の道を通り抜けると堤防がそびえ、そこに立つと太平洋が広がったものだった。親しんできた海の一枚の風景写真が、ばらばらに切り刻まれてしまったかのようだ。もうあそこで、風を受けることはできないのだ。

二十キロ圏内の空を飛ぶことになった。圏内に入ったのだと、すぐに分かった。圏外の光景と比べると、まだ片付けられていないからである。すぐ目に入って印象的だったのは、消波ブロックが乱れたままになっていることだった。浜辺では船があちらこちらに倒れていて、壊れた車やばらばらになった家の壁や柱や屋根が散乱している。放射線量の高さから立ち入ることができないから、当然ながら作業ができないのである。

森の奥まで行くと、広大な牧場があった。そこにたくさんの牛たちが飼われていた。有志が世話をしに、この牧場までやってきているのだそうだ。被曝した牛たちがここに集められている。機内は熱いのに寒気がした。私たち日本人は、やはり大きな間違いをしでかしている。この光景を見たら、誰でも心が寒くなるに違いない。この牛たちはどうなるんでしょうか？と尋ねる。ジャーナリストのSさんから、ヘリコプターの騒音の中で、答えが返ってきた。
「恐らく処分されるんでしょうね」。

二〇一三年 八月

◎帰り道の途中で

先日、福島大学の研究チームの発表を聞く機会があった。特に印象深かったのは、幼稚園から小学校の低学年までの児童を対象に、ストレスの度合いを測った調査結果の話だった。

福島の子どもたちの数値が、全国で群を抜いて圧倒的に高い。私自身も高校の国語教師として教育の現場にいて、中高生たちには大人と全く同じストレスや不安感が心にあると肌で感じる場合があるが、言わば幼児教育の場においても、それは同じであったということだ。たとえ不満を声には出せなくても、小さな子どもたちにも激しいストレスがかかっている。あらためてこのように知らされると、愕然としてしまう。

しばらくぼうっとしていると、盛んにメモを取っていたベテランの小学校の先生が、私に隣で話しかけてくれた。とにかく今の子どもたちはケガをしやすい。特に低学年の児童たちは、手首や足首の力が震災前と比べものにならないぐらいに弱いし、鉄棒などもそれを握ったり、回ったりすることができないという印象を持っているそうである。

福島の子どもたちは震災からずっと、外遊びを禁じられてきた。ずっと室内で過ごす時間を与えられてきた。教室や体育館でも、ちょっとしたところで転びやすくて心配している。しかし、表では絶対に転ばないように家族に言われているので、注意深く下校するようにいつも話しているという苦労もおうかがいした。解決しないことの一つ一つが、子どもたちにのしかかっている。教育にかかわる人間として、これほどつらい現実はない。

小学生の詩や作文コンクールの審査をする機会をいただくことが多い。ある作文にこのような一節があった。「学校から帰るとすぐに、玄関でお母さんやおばあちゃんに聞かれます」。「道の途中で土や砂や石や草を触ってこなかったか」。「触ってきたと言うと、すごく怒られます」。胸が痛くなった。ご家族の方々にしてみれば、放射線の心配から当然の感情であるだろう。下校途中の道のあちこちで、除染が手つかずのところはたくさんある。

しかし子どもたちにとっては、自然の全てが遊び場である。幼い私がそうだった。ランドセルを玄関に放り投げるとすぐに、友だちと網と釣り竿を持って魚や虫捕りをするのが楽しみだった。泥んこになりながら、草むらや沼の周りで、夢中になって季節の草いきれと戯(たわむ)れた。私たちは学校で教わることも教わらないことも、このような空や山の懐で、駆け回りながら学んできた。今の現状は、ただただ切ない。

福島第一原子力発電所から大量の汚染水が、太平洋に流れ込んでいる。最近の報道で騒がれているが、原発爆発の当初から盛んに福島では心配していたことである。今夏は幼いころに毎年のように家族で行った海水浴の楽しさを思った。浜辺の時間はもう戻らないのか。

二〇一三年 九月

◎厳しい現実と自分たちだけで

関西のあるペンションに宿泊をした。ご主人は翌日、ロビーでいろんなお話を、福島へと戻る私にしてくださった。その合間に、一人の宿泊につき、福島に百円の寄付をするということを、ずっと続けてきたとお聞きした。とても胸が打たれた。一年の最後に、そうして集まったお金を、被災地へと寄付しているということを知った。

三月十一日の当日は、宿泊客の中に、福島の方がいらっしゃったそうである。みるみるうちに、不安な表情になるのが分かったという。帰ることができなくなってしまったので、その日はそのままお泊まりいただいたそうだ。このことをきっかけに、東北にずっと思いを寄せてきたことを知った。ご主人は今も、震災の支援にまつわるいろいろな活動をなされている。また、知り合いの方は、避難者の受け入れを支援する活動を続けているとうかがった。その組織が、とてもしっかりしているものであることがうかがえた。

山陰の町に講演に行った時のことを帰り道に思い起こした。福島から避難されていた方が数人、聞きに来てくださった。終わってからしばらくお話をする機会を持つことができた。この県では、長い土地に点在するようにして、数十世帯の福島からの避難者が暮らしている。みんなで集まろうと思っても、連絡のつけようがないし、かなりの移動時間がかかってしまうらしい。しかしそれでも、連絡網をまずは作ろうと思い、一つずつ所在を訪ね歩いているというお話をしてくださった。

コミュニケーションが上手くできている町と、難しいところとがある。原発が爆発して、追われるようにして故郷を離れ、思いをはせながら暮らしている人々の心はどのようであるだろう。いろんな街へ出かけて、福島の人々とお会いしてみたいと感じた。

私の詩に「決意」という詩がある。これは震災の年の三月十九日に、放射能と余震にさいなまれながら、部屋で一人でつづったものだ。「福島に風は吹く／福島に星は瞬く／福島に木は芽吹く／福島に花は咲く／福島に生きる」。出だしをこう書き始めて、最後はこのようにまとめた。「福島を守る／福島を取り戻す／福島を手の中に／福島を生きる／／福島に生きる／福島を生きる」。後に地元の情報誌に発表したこの詩を読み、川内村へと戻る決心をしたと教えてくれた方がいらっしゃった。

村を最後にする時に、バスの中から振り返って坂の上から村の山々を見下ろして、涙が止まらなかったという。この詩に触れて、しばらくしてから村に戻り、原発作業員を泊めるための旅館の仕事をし始める決心をする。「福島に生きる」とはここで生きていくことだが、「福島を生きる」とはたとえ故郷を離れても〈福島〉を生き続けるという意味を込めたことを、かつて語り合ったことを思い出す。全国にいる避難者は、どんな思いをそれぞれに抱いているのだろうか。切ない。

二〇一三年 十月

◎福島を離れた人たちと

他県へ避難なされている三人のお母さんたちとお話をする機会があった。コーヒーやケーキなどを味わいながら、じっくりとお話をうかがった。一番感じたことは、避難先の街で、人に語れない不安や孤独感をそれぞれに抱えていらっしゃるということだ。三人の母親の中で最も元気な様子の女性はもともと関西のご出身であり、八年前にもこの街で暮らしていた経験があることから、安心して暮らし始めたと話を切り出してくれた。

しかし二人のお子さんと移り住んできてから、見えないストレスを抱え込んでしまい、しばらくしてメニエール症候群にかかってしまったと話してくださった。ご主人は一人福島に残ったが、しばらくしてやはり激しい鬱に悩まされたそうである。明るい気丈な笑顔の裏側をしっかりと見つめなくてはいけないと思った。メモを取りながら、避難者の心の問題の奥深さを知った。

借り上げ住宅の期限が切れてしまうことへの心配を、隣の方はじっくりと話してくださった。高校受験を控えている娘さんと、福島に戻ることにするのか、今住んでいる街の高校を受ければよいのか、いつも相談し合っている、と。はっきりとした見通しのある答えを親として渡してあげることができなくて思い悩んでいると語った。確かに転校する場合は、転入試験などを受けて合格しなくてはならない……、手続きなどがかなり大変である。

せっかくできたこの街の友人と離れることや、福島に戻って今まで通りに過ごすことができるのかなど、娘さんの悩みは尽きなくて、勉強にも身が入らないと話されている。しかし間違いなく、期限の終わりはやってくる。福島のご主人と、自分たちと、東京で大学生活を送っている長女と、三重生活をすることになれば、とても経済的に成り立つものではない。大変に深刻な思いが伝わってくる。

この街の方々は本当に親切に接してくれて、温かさに感謝している。しかしこういう胸の内を相談できる人はいないと三人とも深いため息をついた。これは関西地方や山陰地方へ講演会に出かけて、終了後に避難された方と話を交わした時にも感じたことである。みなそれぞれが福島を離れた場所でこの震災の最前線に今もなお立たされている。避難先の街の人にも、福島の人々にも相談することができずに、厳しい現実と自分たちだけで向き合っている。

フランスのある雑誌の記事で、放射能の影響で生えたということなのだろう、三本の手のある日本人が相撲をとっている風刺画が掲載されていて「福島のおかげで相撲がオリンピック競技になった」などという言葉が添えられていることをニュースで知った。日本が抗議したところ、「日本人にはユーモアのセンスがないのか」という回答が返って来た。ぼうぜんとする。人々の不安と孤独に耳を傾けてほしい。

二〇一三年十一月

◎削られた土が呼吸する

冬を前にして、除染の作業がいっそう激しくなっている印象がある。

職場へと向かう道の途中に、広大な空き地がある。そこに土砂を詰めた大きな袋がたくさん積み重ねられていた。朝と晩とそこを通り、重たい気持ちでそれを眺める。ある日の夕暮れに、それが穴を掘られてすっかりと埋められていて、跡形もなくなっていた。そしてしばらくしてまた袋が積み重ねられていた。これもまた埋められていくのだろう。

あちこちに除染作業中の看板が並ぶ。大きな作業用のトラックが行き来している。作業員の方々の姿が数多く見受けられる。朝や夕方のコンビニエンスは、現場の行き帰りの作業者であふれている。暮らしている町がそのまま作業現場であるかのように感じられる時がある。しかしだんだんと、この光景に慣れてしまっていることが恐ろしい。

とても細かで綿密な作業に徹している印象がある。私の実家は放射線量が高い地区であったので、早めの除染作業が行われたが、数十人の作業は二十日間以上にわたったのであった。

実家に戻り、作業の様子を拝見していたことがある。とにかくたくさんの作業員の方々が丹念に仕事をして、それが終わると線量計で測定する。数値が下がらなければ、さまざまに検討をして後に、作業のやり直しにとりかかる。そしてまた、測定。下がらなければ、再び、やり直す。側溝や雨樋（あまどい）のすみずみまで丹念に洗浄を重ねていく。その様子を眺めていると、たくさんの方々の手があっても、およそ三週間もかかってしまうのも頷けた。

線量計が手に入った時に、すぐさま実家に行き、あれこれと測ってみた。家の中は低いが、庭は数値を示した。屋根の下の雨水が溜まったところや軒下は、きちんと高かった。やはりあるのだと肌で分かった。まるで放射線がここで死なない微生物のようになって生きているのだと直感して寒気を覚えたものだった。

このどうしようもなさと、このように根気強く戦う人々の気持ちと苦労を思う。しかし作業が全ての家々に行き届いているという印象が、福島の私たちに与えられているというわけではない。手間と時間が要される除染作業は、そう簡単に進行していかない。行政の窓口には不満が毎日のように寄せられているとうかがったことがある。

やがて実家の庭に、削られた土は埋められた。

その場所の四隅に目印として小さな杭が立てられている。かつてはあそこは家庭菜園の場所だった。近所の方にそこを貸して、野菜を育てていた。今は誰も近づかないようにしている。育っていく畑の様子を眺めるのが楽しみだったのに、今は誰も目を向けようとしない。そこには〈生きている〉土が隠されているままだからだ。いつまで、このままなのだろうか。いつまでもなのか。

二〇一三年 十二月

◎こんなことがなかったら

東日本大震災と東京電力福島第一原発事故に伴う避難生活の長期化による「震災関連死」について、福島県内の市町村が認定した死者数が計一六〇五人(十一月三十日現在)に達し、地震や津波による県内の直接死者数一六〇三人(県災害対策本部調べ)を超えたことが今月の十六日、福島県のまとめで分かった。私の幾人かの知人の家族もここに含まれている。事態の深刻さに打ちひしがれる。

先輩の叔母にあたる方であるが、もともとは浪江にお住まいであり、二〇一一年に避難をして間もなく入院をして、しばらくしてお亡くなりになられた。気丈な方であったが、心に受けた衝撃は相当なものであった様子であり、病室での元気のない姿がずっと頭から離れないとその後に彼は語っていた。お年寄りや体の弱い方から先に、心身が追い詰められていく事実がやるせない。

相馬市にお住まいだった菅野重清さんは、原発事故から三カ月後の六月十日、堆肥小屋の壁に「原発さえなければ」と書き遺した後、自らの命を絶たれた。また、飯舘村の百二歳のご老人は「俺がいたんでは、足手まといだべ」（足手まといだろう）と語り、自死なされた。南相馬市の九十三歳の女性は「私は、お墓に避難します」と遺書を残して、他界なされた……。

これらのことが頭の中をめぐってくる。小高でずっと農業を営んでいたというお年寄りが、避難先のアパートの駐車場や公園などのアスファルトからはみ出た草などを、きちんと作業着を着て草むしりしている姿を今年も近所でよく見かけた。そのたびに「こんなことがなかったら、自分の庭や畑でゆうゆうと、野菜を育てたり手入れをしたりすることができたのに」と悔しそうに私に語った、ある暑い夏の日の立ち話を思い出す。

桑原史成氏の水俣病事件の追跡が収められた写真集『水俣事件』（藤原書店）を拝見した。半世紀にもわたる誠実な仕事がある。真実の一枚一枚に、何度も息を呑まされた。水俣病を発病した方や胎児性患者と、その家族の姿が一つ一つ写し出されている。

長い月日の中にある光と影の中のそれぞれの表情が、人の生き死にの悲しみと尊さとを私たちに強く物語る。短いメッセージが、写真の隣に添えられている。このような言葉が胸に直接に迫る。「俺っどもにはな、地獄も地獄。だれも助けてはくれんじゃったぞ」。

母から〈宝子〉と呼ばれた上村智子さんの幼いころのあどけない姿がある。「こん子は、私の宝子です。私の体から水銀ば吸い取ってくれた」。船場岩蔵さんが水俣の病で亡くなる寸前に、苦しみから爪で壁を引っ掻いた写真があるが、叫びが聞こえてくるようで大声で泣きだしたい気持ちになった。風化しない記憶を残すために、何をなすべきなのか。

二〇一四年 二月

◎家が喜んでいる

福島で詩の教室を行っている。詩を書く授業をする前に、被災した方々に、お話をしていただいた。震災後に、どのような思いで故郷を離れて暮らしてきたのか。それぞれ、サークル活動やホテル経営などをして活躍しているリーダーが集まって語ってくださった。子どもたちは感じたことについてその後に作品を書きあげた。

共通していたのは、地域の子どもさんたちと一緒に、故郷である浪江や飯舘に、いつかは戻って行きたいという夢を大切にしているということである。土地をつなぎ渡していくことを信念にしている姿があった。一人一人にまなざしが見えて、教室の子どもたちは感じ入っていたようだ。

Hさんは、時々に浪江の家に戻り、片付けをしていることを話してくださった。今暮らしている福島市も好きだが、やっぱり浪江が一番好きだと語ってくれた。ネズミなどが家を荒らす被害はひどいらしく、定期的に掃除に出かけているのだそうである。事情があってなかなか行くことができず、久しぶりにこの前に家に行った折のことである。

比較的に気温が高かったので、風が入るように玄関の戸を開け放しにして、（すぐネズミなどが乱入してくるので）網戸を閉めたままにして、あれこれと作業をしていた。すると台所に立った時に、急に後ろから背中を押してくるものがあった。

振り返ってみても何もない。また前を向くとぐっと触ってくる。ああ、と分かった。それは入り込んできたあたたかい風だった。それに気づいた時、Hさんは涙が止まらなかったそうである。こんなふうにとっさに思ったそうだ。「久しぶりに、住んでいた人がやってきたから、この家が喜んでくれているんだなあ」。しばらく話を止めて、涙をこらえていらっしゃったHさんの姿が印象的だった。

飯舘村から避難しているSさんは、大きな仮設住宅の集落に暮らしている。しだいに若い人たちは外部へと移り住んでしまっていて、半分以上が、お年寄りの一人暮らしの家になってしまっている。そうすると痴呆症や持病の進行が目に見えて早くなるのだそうだ。孤独死などの心配があるので、サークルのまとめ役などをしながらあちらこちらの家や集会所を回り、話をしたりして、いつも気を配っていることを語ってくださった。

今暮らしているところで、若者や子どもたちの声が聞こえてこないのが悲しい。もともと飯舘は、みんなで育てていこうという気持ちがとても強い村だ。可愛らしい笑顔を見ることができないのがとても寂しい。だから今日は、子どもさんたちにこんなふうに囲まれてすごく嬉しい。私も飯舘の家に、掃除をしにいつも戻る。家を眺めて、ずっと暮らしてきた庭や近所を見渡して、誰もいないことにあらためてはっとする。しばらくぼうぜんとする。帰り道は、「ふるさと」を歌う。涙が出てきて声がつまってしまっても、自分の仮の家までずっとそれを続ける。

二〇一四年 三月

◎買い物かご一つぶら下げて

春の訪れと共に、三年が経ち四年目に入った。しだいに春へと向かう風の感じと震災直後の記憶が、どうしても重なってしまう。これは一生続くのだろう。そんなふうに思いながら、日々を過ごしている。水や食料がなくて、二本までという条件で空のペットボトルを持って並んだ朝や、スーパーの前で食料を売ってほしくて何時間も立ち続けた午後や、ご飯をこたつに入れてあたためて食べた夜を思い返す。

避難所でおにぎりをもらいずっと食べていたが、ある日に、今日のおにぎりは美味しさが全く違うと思って、流れる涙を抑えられずにそれを頬張ったという話を聞いたことがある。その日のおむすびには、塩がまぶしてあったのだそうだ。今までそれが手に入らなかったから、家族で「有り難い」とつぶやきながら、泣きながら食べた……。

私たち家族は近所の避難所で三日間ほど過ごした。床に毛布のようなものを敷いて、そこに寝転がった。食事の時間になると一列になって、パンやおむすびやジュースをもらった。最初は感じなかったのだが、だんだんと食べ物を並んでもらっているうちに、自分という存在が奪われてしまうかのような感覚を覚えた。しだいに家を失った避難者が増えてきて、居場所がなくなった感じが強くなってきたので、私たちはさまざまなものが壊れて散らばっている家に戻ったのだった。

四月になって落ち着きが生まれてから私は、福島県内で最も大きな避難所に、話を聞きに通うようになった。当時を振り返り、富岡に住んでいたある女性は、こんなお話をしてくれた。三月十一日の翌日の朝六時に集会所に集合するようにと言われて、買い物かご一つぶら下げてみんなで集まったところ、すぐに川内村へ避難すると告げられた。家には戻れないとの話だった。そして村の集会所で四日間、着替えるものもなく過ごした。

その後、帰れるのだろうと思っていたところ、ここから遠く離れた郡山に行くと言われて、夜にバスに乗り出発した。到着したのはすっかりと夜更けであった。それからみぞれが降っている中、一列に並んで、スクリーニング検査を受けた。

日が経つにつれて、暮らしているみんなの顔つきが悪くなった。乱暴な言葉が飛び交ったり、けんかなども多くあった。私は一生懸命に、みんなに元気になってもらおうと話しかけたが、疎（うと）んじられた。話し相手がいなくなって、落ち込みが激しくなって、自殺までも考えた。

「どうやって立ち直ったんですか」。ある人が私を見かねて、一晩中話を聞いてくれた。空っぽになることができた時、思った。自分の話を聞かせるのではなく、まず誰かの話を耳にしよう。それからはつらい話をいっぱい受け止めてきた。段ボールで仕切られている壁に寄りかかりながら、涙まじりに一つひとつを語ってくれた……。春風を感じながらいろいろな記憶が女性の心の中をめぐる。

二〇一四年 五月

◎逆に震災で得たものとは

三年が経っても、何も変わらない思いが募る。仮設住宅における孤独死のニュースが地元新聞などに掲載されているのが目立つようになった。これはある日の大見出しの記事である。「仮設『孤独死』34人 年々増加、8割が男性」「東日本大震災と東京電力福島第一原発事故で避難生活を強いられ、県内の仮設住宅で誰にもみとられずに死亡した『孤独死』は3月31日現在、累計34人に上ることが県警への取材で分かった」（四月十一日・福島民報朝刊）。

この事実を目の当たりにしても私たちは、どうすれば良いのかを相変わらず見つけることができない。ため息をつきながら、その先に言葉を続けることができない。一方で全国紙にこのような報道が、大きくなされることはないことに無力感を覚える。マスコミなどがとりあげなくなっているから、すっかりと復興に向かっているのではないかと思っていた……などと、福島を尋ねてきた友人などには驚かれることが多い。うわべだけの静けさが恐ろしい。今からこそが、考えのしどころだと思う。

三年が経って、あらためてインタビューを重ねている。社会学者の開沼博さんと二人で行い、その様子を全国のＦＭ局の番組やｉＰｏｄなどで流している。先日、浪江から避難してきた女性は、たとえ戻れなくてもその近くに住みたいという願いを語ってくれた。あるいはそれができなくても、元の家でしばらく過ごして、また仮の住まいに戻るという生活がしたい。

幼いころから眺めてきた、山や川や野原の光景と共にありたい……、と。その風景が自分たちにとって、父と母の姿そのものだからだと教えてくれた。今の日本の社会が〈父と母の姿そのもの〉を奪ってしまった。ならば代替えすれば良いというものではない。これから先、どのような〈喪失〉がさらにもたらされるのか、分からない。

こういうことを話していると、開沼さんはまた違うアプローチをする。「この震災で逆に得られたものはありますか」。すると、人との新しいつながりができたと答えてくれた。この女性は今、避難先の二本松市の駅前で、身体に障害を持つ方々と一緒にカフェを営んでいる。お店を営んでいる全国の方々から、支援や寄付をいただいてきたのだそうだ。それを通じて、直にお会いして言葉を交わす機会も生まれたりして、さまざまな〈つながり〉を築くことができた、と。

なるほど。こうした前向きな声を集めることも、一方では大切なのかもしれない。たとえ二人であったとしても、チームでやっているからこそ気付かされることがある。一人では限界がある。複数で向き合うことで見えてくる新しい兆しがある。

故郷の山河と空を眺める。私の中の詩人の本能は、たとえどのような状況であっても、自然の力を信じて、その姿を詠いあげたいと念じている。この福島で書くべき詩がある、と。

二〇一四年 九月

◎切実な声と生身の声

東京電力福島第一原発事故による避難が原因で自殺した女性の遺族が、東電に賠償を求めた訴訟の判決が先日、言い渡されました。東電が訴訟の中で、女性の自殺は「個体側の脆弱性も影響している」と述べていたことを報道で知りました。

女性の家は福島県川俣町の山木屋地区にあります。私の母が川俣町出身で、私自身もかつて県立川俣高校に勤めていたので思い出深い場所です。一時帰宅した川俣で、福島市の避難先にはもう帰りたくないと言っていた女性の気持ちがよく分かります。

それにしても「個体側の脆弱性」という言葉には、憤りを通り越して力が抜けました。あまりにひどい。避難した人の悲しみに接しているならば、こんな言葉は出てこないでしょう。

八月の下旬、ＮＨＫ総合の番組「復興サポート」の収録で、福島県双葉郡から避難している小学生に授業をしてきました。「あなたの大事なものを見せてください」というテーマで、五年生のある男児は、入学した当時の集合写真を持ってきてくれました。避難先がバラバラなので今は会えない友達のことをいつも思っているそうです。こうした切実な声が、私の体に痛いほど刺さってきました。

震災の現実は何も改善されていないし、ある意味で深刻になっていると感じます。そんな中、原発事故の除染で出た廃棄物を保管する国の中間貯蔵施設の建設受け入れをめぐるニュースが、しきりに流れています。地元は静かです。静かだから問題が解決していると思われてしまうのではないか、という不安があります。脱力や無力感から声を上げたくても上げられないのではないか。

気持ちがふさぐことが多いのですが、「声」の大切さをあらためて教えていただく機会がありました。演出家の篠本賢一さんが私の詩を基に作ってくださった「たったいま八月の冥王星で　たったいま八月の地球では」という演劇が、東京都板橋区にある「劇団銅鑼（どら）」のアトリエで上演されたのです。

生身の声の迫力に接するうちに、震災で亡くなった人々の魂と結びついていけるものを、これからも書かなくてはならないと決意しました。

（談）

二〇一五年 二月

◎兵庫の詩人細見和之さんから和合亮一へ

遠い篠山の地から、はじめてお便りを差し上げます。

和合さんのお名前とご活躍ぶりは中原中也賞を受賞された時からよく存じていました。とはいえ、関西で暮らしている私にとっては、文字どおり住んでいる世界の違う方という印象がありました。ところが、東日本大震災以降、また別の和合さんの姿が浮かんできました。

震災後、家族を避難させたあと、被災地でひとりアパート暮らしをしながら、和合さんがツイッターで発信しつづけられた言葉をまとめた『詩の礫』以来の詩集は、狭い詩の世界を超えて、大きな反響を呼びました。

私は二〇一一年の秋の学会で、ドイツ思想を専門とするある著名な研究者から「和合さんのあの詩をあなたはどう思うの?」と尋ねられて、驚いたのを覚えています。当初は、狭い詩の世界のほうが、よほど反応が鈍かったと言えます。東日本大震災という現実自体に対してそうでしたし、和合さんのツイッター詩に対してはさらにそうでした。

私は、和合さんの一連の仕事に接して、小説家がある程度、事後の時間を置いて書くのに対して、詩人の役割の一つに、災厄のただなかで書く、ということがあるのではないかと思いました。災厄のただなかで、災厄をともにしている人びとに向けて書かれうるもの、それは詩の大事な定義の一つですらあるのではないか、と考えたのです。そう考えるようになった背景には、私がそれまでにしてきた仕事も関係しています。

私は思想史に関わる研究のほかに、ホロコースト関係の仕事もしてきました。そのなかにランズマン監督『ショア』の日本語字幕の共同監修がありました。『ショア』はホロコースト関係者の証言を集めた9時間にわたるドキュメンタリーですが、今からちょうど二十年前、その監修作業を終えて仕上がりを待っているさなかに、阪神・淡路大震災が起こりました。ヘブライ語「ショア」の原義は「災厄」です。以来、震災と『ショア』が私の中では重なっています。

また、ホロコーストのただなかで、詩を書き続けた詩人にイツハク・カツェネルソンがいます。カツェネルソンは、家族を絶滅収容所に奪われながら、ワルシャワ・ゲットーで詩を書き続け、まわりの仲間に朗読していました。私は阪神・淡路大震災の年から東ヨーロッパのユダヤ人の日常語だったイディッシュ語を学びはじめ、カツェネルソンが極限状態で書いたイディッシュ語作品を訳してきました。

つまり、映画『ショア』、阪神・淡路大震災、東日本大震災、和合さんの作品、それらがひと続きのものとして私には見えてきたのです。

最後になりますが、私が和合さんの仕事に接して打たれることの一つに故郷の問題があります。篠山に生まれ、篠山に暮らしている私にとって、篠山はまぎれもない故郷です。ここが立ち入り禁止区域の中に組み込まれる事態など、とうてい想像できません。取り替えのきかない場所なのです。

しかし、和合さんの「福島」への思いがいまの日本でどれだけ深く共有されているのか。この点ではとくに和合さんの、地元の人びとへのインタビューを組み込んだ『詩の邂逅』を多くのひとに、なによりも我が故郷の人びとに、ぜひとも読んでみてほしいと思っています。

二〇一五年 三月

◎和合亮一から細見和之さんへ

丁寧なお手紙をありがとうございます。このような出会いをいただくことができて、とても嬉しく思っております。ぜひ細見さんの故郷の篠山を訪ねてみたいと思いました。

不思議なのですが春が近づいてくると、空や風の感じで震災当時を思い出します。未曾有の災いの中で誰かとつながりたくて詩を書き続けていた時を。千回近くの余震を必死に耐えながら、阪神淡路のことをいつも隣に思い続けました。心の支えにしていました。

その後、何度かおうかがいさせていただく機会を持たせていただきました。最初は神戸女学院大学の講演会にお招きをいただいたことがきっかけでした。しばらくして、神戸と福島とをつなぐ合唱組曲の作詞のお誘いを、兵庫県合唱連盟からいただきました。

あれこれと机に向かって考え事をしました。私の住まいの近くには踏切があり、書斎に座っているとふと、電車の過ぎていく音が聞こえます。講演後に女学院大の先生方のご厚意で、地震で失われてしまった建物の写真を眺めながら、新しい街をじっくりと歩いた時の記憶を思いだしました。貨物列車の音……。まっすぐに敷かれてある神戸と福島とを結ぶ鉄路を確信しました。ある方から教えていただいたアメリカの先住民の言が浮かんできました。「私たちの自然と肉体は魂の乗り物だ」と。

お手紙で「ホロコースト」に触れてくださいましたね。このイメージについて真っ先に私の心に浮かぶのは祖父なのです。戦争の終りにシベリアで抑留されてしまい、その地で亡くなりました。彼が残した二十歳のころの日記を、本棚の引き出しの奥にしまっています。開いてみると一日一枚、しっかりと書かれてあるのが分かります。文学青年だった様子で、詩の断片を見つけることができます。頁のそれぞれに存在のぬくもりを確かめています。ここにまた言葉という〈乗り物〉を思います。

　被災者のインタビュー活動を、今も続けています。兵庫のみなさんとも時折にお話をいたします。家族を失って、二十年が経っても、震災を昨日のことのように考えるとおっしゃる方が多いですね。これは福島のご遺族も同じです。向かい合っていると、その方が生きていらっしゃった時の命を、より深く感じます。姿は見えなくても、人を偲(しの)んで語っていらっしゃる眼に、親しい人の強い存在の明かりが、はっきりと見える気がします。

　ここで震災を経験した私たちは、阪神淡路大震災の歳月から学びたいのです。喪失を慈しみたいのです。この気持ちは詩という〈乗り物〉で、何かを時の岸辺へと運びたいという本能のようなものからやって来ていると気づきました。こんなふうにノートに書き出しました。「駅から　駅へ／ずっと　走っていく／したたかで／あきらめない／長さと強さ／がある／／何を運んでいますか／／あなたは／いつも／新しい荷物を／運んでいます」（「光の貨物列車よ、北へ」より）。共に分かち、齎(もたら)せ合うことを祈ります。

二〇一六年　四月

◎福島で暮らす情熱

インタビュー活動を続けている。震災直後にガソリンが手に入ってすぐに、南相馬に残り暮らしている知り合いの方に会いに出かけて、あれこれとおうかがいしたのが始まりだ。誰かの話を聞きたい。焦りにも似た気持ちは、五年が経った今も変わらずに続いている。

大人も子どももあの日をゼロとするならば、全く同じ時を経ている。分かち合える歳月の沈黙がある。それを真ん中に置いて語られる言葉を記録したいという思いを強くしている。先日は福島高校の生徒たちに話を聞いた。スーパーサイエンス部という部活動があり、放射線の研究を積み重ねている。あちこちで研究発表をして注目を集めている。

彼らは放射線について研究をしたいという情熱に満ちあふれている。「福島の事実をきちんと伝えたい。そうすることで、より知りたいという気持ちが生まれ、世界中から人が集まるようになる」。彼らは我が母校の後輩となる。頼もしい。「世のためになれ」が校則の一つだ。迷いのない話しぶりに、福島で暮らすことの情熱を見た気がした。

震災の当時は小学校の高学年だった彼らの心の中に、はっきりと震災の日々がある。直後は避難所などで家族と共にその小さな胸で不安や恐怖にひたすら耐えた。少しずつ日常が戻り月日を重ねるうちに、自分なりに事実としっかり向き合いたいという意志を持つ。中学の時分ですでに高校で放射線の研究をしようとそれぞれ心に決めていたそうである。

インタビューをしていると、時には互いに静かに涙することもあれば、このように心が熱くなることもある。校則は三つあったはずである。即座に口から出てくるだろうか。おお即答だった。「清らかであれ」「勉励せよ」。懐かしい。

おい襟を正せよ。我が高校時代の恩師や友にそう言われた気がした。

二〇一六年 五月

◎自然の中で深呼吸

安達太良山のふもとに「フォレストパークあだたら」というオートキャンプ場やロッジが並ぶ県営の公園がある。学校のキャンプなどで幼いころから親しんでいる場所だ。管理事務所にお勤めしている方とお話をする機会があった。

大変な作業と長い歳月を経て、広大な敷地の除染が終わった。線量の数値の変化をホームページなどにきちんと掲載し、報告してきた。すると、利用者の数が増えてきたそうである。最近では震災前の入場者数を超えた。県内のみならず関東圏からも、情報をきちんと把握して、こちらへ向かってきてくれているとのこと。明るい話題ですねと笑い合った。震災直後から、データを詳しく伝えてきたことが、今の結果になっているのではないかと分析していた。

しかし残念ながら、敷地外の周りではまだ除染が進んでいない場所もある。人が森に立ち入らず、放射線を摂取しているという心配から動物の狩猟もなされないため、震災前よりも森林は野性化しているとつぶやいた。生態系の変化が心配である、と。

万緑の季節に野山や河川で遊ぶのが何よりも楽しみだった。草や泥にまみれて駆け回った経験が、今の私に詩を書かせていると直感する。心ゆくまで深呼吸することのできるこのようなエリアを、まずは増やしていけたらいい。山よ笑えとうなずいた。

連日の熊本などの震災の映像を見つめる。余震の恐ろしさから、軒先などにテントを張って家の中と庭とを行き来している姿がある。キャンプの心得のある家族のようである。その話をしてみると、「キャンパーたちは災害への対応も早いと思います。みな自然の中で、食べることと眠ることを第一に考えている人たちですから」と教えてくれた。震えだけでもまずは静まってほしい。精神も体力も消耗していく。案じる。祈る。

二〇一六年 六月

◎未来を約束する山の神

福島県飯舘村の山間に山津見（やまつみ）神社がある。古来、山の神様として奉られてきた由緒ある神社である。山の神の使いとされるオオカミが祭られていたことで知られる。父が社殿のたたずまいが好きで、時々お参りをしていた。私もずっと親しみを感じてきた。

やがて原発災害による全村避難が二〇一一年の春にあった。村には人の気配がすっかりとなくなってしまった。宮司さんとその家族の方々が守っていたが、一三年四月に不慮の火災が起きた。その拝殿が焼失してしまった。天井には二百三十七枚ものオオカミの絵があった。

火災となる数カ月前、その全ての写真を撮っていた方々があった。和歌山大学の加藤久美、サイモン・ワーン両氏である。ＮＰＯ法人ふくしま再生の会らの協力により、その写真資料をもとに東京藝術大学の荒井経氏と学生らが伝統技法による復元作業を行った。あまたの天井絵がよみがえった。現在、福島県立美術館でその展示がなされている。

丹念な作業を経て現れた新しいオオカミたちは、畏敬というよりもとても親しみやすい表情をしている。野山を駆け回ったり、仲間と戯れたり、花を眺めていたり……。特に子どものオオカミたちの肢体はとても愛らしい。

百年前に描かれた絵の復元。もとになった写真もいくつか隣に並べて展示されている。それは江戸時代からの村の歳月をも鮮明に写し出している。豊かな自然に囲まれた風土の記憶。その傍らで新しい絵は未来を約束しているかのように思える。

村のそちらこちらには汚染土が詰まった黒い袋が、石垣のように積まれている光景がある。困難な状況を抱えたままだ。展覧会終了後に、再建された拝殿に奉納され設置される予定である。失われたものを取り戻そうとする人々の営みを山の神は守っていく。

二〇一六年 七月

◎土と人間の力を信じる

震災前から福島県東和町（とうわまち）（現二本松市）にて有機農業を営んでいた菅野正寿さん。田畑の土そのものを放射能被害から必ず再生してみせると震災の年に熱く語ってくださった。土が故郷の人間を見捨てることは決してない。だから私たちも見捨てちゃいけない。土の力を信じる、と。

やがてさまざまな学者や有識者を招き、独自に研究を重ねた。その間、知り合いからメールなどが届く。「あきらめて新天地へ行くべきだ」。葛藤と向き合いながら努力を続け、ついに新しい農業工法を確立した。独特に大きく耕し、セシウムなどを土中深くの粘土層へ吸着させ無効にする方法である。収穫された米や野菜から線量が全く検出されない結果が出た。信じたからこその天恵であろう。

久しぶりに菅野さんとお会いした。最近、農家民宿を始めたそうである。パンフレットを拝見。すてきなたたずまいの宿。近況を語ってくれた。この五年で農業を断念していく光景や荒廃していく野山を見てきた。しかし、あらためて人の農業の営みが田園風景を守ってきたのだと実感。そこで多くの人々にまずはここを訪れ、農業体験をしていただきたいと思うようになった、と。

たくさんの仲間が離農し、転居していった。寂しさを感じていると、いつしかあちこちから若者がやってきて、一緒に有機農業をやってみたいと言ってくれるようになった。震災があっても東京は何も変わらない。普通に暮らしていることに違和感を覚えてやってきたという人など。現在、七人ほどが新規就農者として定住している。

東和の丘に「天明為民の碑」。碑文にて天明三年の冷害で多数の村人が餓死や行方不明になったことが分かる。それを見つめながら彼は、それでもこの土地で稲作をやり続けてきた先人たちを思う。私も土と人間の深い力を信じたい。まずは泊まりに行きたい。

二〇一六年　八月

◎おしるこを通した出会い

通勤時。朝早くに車を運転していると、ラジオから仙台の仮設住宅発のラップの曲が流れてきた。ラッパー名は「ＴＡＴＳＵＫＯ★88」。88歳の元気なおばあちゃんの声。聞いてみてぴんと来た。しばらく連絡を取っていないが、こうした活動を熱心に続けている門脇篤さんのプロデュースに違いない。

「くよくよしてても仕方がない／文句言っても　どうしようもない／なんとかなるさと自由気ま　ま／なにくそって思えばなんとかなる」

曲の紹介を聞くと、やはりそうであった。早速、車を止めて、門脇さんに電話をしてみた。宮城県内の仮設住宅へと出かけていき、おしるこを振る舞うという活動（おしるこカフェ）を続けているそうだ。材料のみならず、鍋や茶わんも集会所などに持ち込む。集まってくれた皆さんにごちそうをする。ご高齢の方々が多いそうである。さまざまな昔話などを聞きながら、あんこと餅を味わう。寒い季節のみならず、夏でもおしるこ。

門脇さんは仙台で活躍するアーティスト。現代美術作品などを制作する傍ら、DJやラップなどの音楽も。カフェのあとに誘われて、TATSUKOさんのお宅へとおうかがいして茶飲み話をしたことがきっかけだそうだ。人生のさまざまな苦労話を聞いた。津波を受けた震災後の暮らしはもちろんだが、空襲なども経験した戦争時代やこれまでの家族の話なども。さまざまにつらいことがあったが、その都度、自分に「何でもない」と言い聞かせて、乗り越えてきた。この話をラップのリズムに乗せたいとひらめいた。

おしるこを真ん中にした出会いで生まれた作品。ほほ笑ましくも、しっかりしなよと励まされている気持ちになる。タイトルは「俺の人生」。誰かに元気を与えようとすることに常識やルールなどない。

ばあちゃん子の私は祖母に会いたくなった。他界して十数年になる。

二〇一六年 九月

◎災害医療の充実願う

高校時代の友人の石川敏仁君と久しぶりの再会。実に三十年ほどになる。酒杯を傾けつつ、あれこれと思い出話は尽きない。今は総合病院の脳外科医として勤務をしている。その傍ら、震災時に現場で活躍する災害派遣医療チーム「日本ＤＭＡＴ」の活動に尽力している。熊本にもいち早く、福島から駆けつけて活動をした。福島から熊本へ──。彼の話に深く耳を傾けた。益城町。自主避難をした方々はテントを張って暮らしていた。神社の周りなどに集落がいくつも自然とできあがっていた。彼はそこを訪ねて、耳を傾けることから始めた。未曽有の災害に遭遇し表情は憔悴。口も重たい。しかし、私たちは福島から来ましたと一言伝えると、目の色や様子が親しげになった。熊本の私たちもこのように大変ですが、福島のみなさんはその後どうですか……とあれこれと心配してくださったそうである。

もっと福島を思いやれば良かったと謝られてしまったり、頑張ってくださいと反対に励まされたりしてしまう場面もあった。先に災害を知るからこそ、できることがあると彼は語った。一度福島に戻ったが、すぐにでも行きたいと思っているし、「ＤＭＡＴ」をもっと発展させたいとも話してくれた。高校の時分からやりたいことをごまかさない彼だった。まなざしは変わらない。

震災医療のあり方についてさまざまなことを検証・解決していかなくてはならない。彼のエネルギーの源の一つは、避難先から戻った中学生の息子さんの存在が大きい……、と。自分の後ろ姿を見せたい。同じく父である私も同感。彼は震災医療をめぐるフォーラムの会を始めた。今年も十二月に開催。ようし、何かやるか。やろう、やろう。応援することしかできないが私も張り切る。乾杯をするたびに、我らの顔は高校生になったり、大人になったり。

二〇一六年 十月

◎熊本からの贈り物

福島県南相馬市の鹿島の海を見渡す丘に新築された山田神社がある。もとは違う所にあった。地震のあと、境内に四十数人が避難された。しかしやがて、お社ごと波にさらわれてしまった。

しばらくして熊本の球磨工業高校から、仮社殿を生徒や卒業生が手作りします、ぜひ贈らせてほしいというお話があった。私が昨年の春におうかがいした折には、新しい赤い鳥居と熊本の木材による仮社殿の姿があった。鳥居の柱には四十数匹の鳥が描かれていた。津波で亡くなった方々の数の姿が描かれているそうだ。黒い波が押し寄せてきた時の恐怖はどれほどだったろう。心が痛む。手を合わせた。

一年半が経った。新社殿が完成の運びとなり、「竣工遷座祭」が九月上旬に開催された。潮風の中に新しい木の香り。美しい立派なお社が深呼吸をするかのようにすがすがしく立っていた。熊本からも多数の参列者があった。地震の被害の話をおうかがいした。熊本と福島の心のつながりが強くなっている気がした。

宮司の森幸彦さんとは古くからお付き合いをさせていただいている。博物館の学芸員をされており、縄文時代の研究者でもある。ある時こんなことを尋ねた。縄文人はどんなことを話していたんでしょうね。どう生きていくのか、命をつないでいくのかを話していたと思います、と教えてくれたことを思い返した。

祭儀が終わり、お神酒をいただく。この神社のみならず、浜通り一帯の神社が数多く流された。森さんが「残りの人生をかけて、流失した他の神社の再建に尽力します」と涙ながらにあいさつされた。静かな波の音がはっきりと聞こえた気がした。森さんの言葉が胸に響く。どう生きていくのか、つないでいくのか。

二〇一六年十一月

◎バウムクーヘンは人生

福島産のバウムクーヘンに人生を懸けている方がいる。齋藤陽一さん。まずは十数年前。お菓子作りを学ぶために神戸へと出かけた。阪神淡路大震災があり、震災後の空気を肌で感じながら過ごした。その後、福島へと戻り、小麦粉ではなく地元福島の米粉を用いた「ライスバウム」を作ろうという発想にたどり着いた。試行錯誤の末、もっちりとした食感のオリジナル製品が完成。大人気となった。

味の魅力はやはり地域の米が用いられていることの親しさなのかもしれない。齋藤さんのアイデアはとどまることがない。真ん中に穴が開いていて硬貨に似ていることから、5円玉＝「ごえん（縁）バウム」や、その穴にようかんを入れて太鼓に似せた「和太鼓」、ご自身のロック好きから名づけられたという「ロックンロール」など。

東日本大震災で同じように打撃を受けた。放射線の被害のない米を用いているといくら伝えても、風評の波は容赦なく襲いかかった。毎日、自ら品物を配送し、全ての店舗を回りながら、お店の様子を聞いてあらゆる方針を立てた。汗を流して働く後ろ姿を社員や家族に見せ続けている。福島とお菓子の力を信じ、これからもこつこつとやっていきたいと話す。

ライスバウム。幼いころからよく知っている福島の田園の風。舌の上に確かに感じるのだ。食べることで福島を思う。大切なメッセージが優しい甘みに宿る。それにしても熱い人だ。ズバリ、バウムクーヘンの魅力とは。「年輪に似ている形です」。なるほど。幹が確実に太くなってきたのではないですか。ところで趣味は何ですか。「バウムクーヘン作りです」。それは仕事じゃないですか。「じゃ和合さんは?」。詩を書くことです。無趣味な二人。

二〇一七年 一月

◎二人三脚で

詩人リルケは、手紙を書くのが好きだった。知り合いはもとより、市井で暮らす見知らぬ方々へもしたためたそうである。それが詩作の情熱へと自然につながっていた。

やがて震災から6年になる。変わったこと、変わらないこと。福島で暮らす今の思いを、読んでくださる誰かへと言葉に託して届けたい。心のキャッチボールがしたい。

そのようにあらためて思わせてくれる機会があった。先日、「ふくしまを十七字で奏でよう絆ふれあい支援事業」の審査をさせていただいた。県内から約四万点も集まった。俳句の募集というよりも「十七字」としたほうが親しみやすさが感じられるかも――という意図が、功を奏しているのかもしれない。

ユニークなのは、言葉のキャッチボールを作品として集めているところ。「大人と子ども」か「子どもと子ども」のペアでの句作を求めていて、二人三脚の魅力がある。

例えば小学生の子が〈弟は　母ひとりじめ　僕がまん〉と書く。すると母は〈すまないと　手にこめなでる　月あかり〉と優しく返す。あるいは中学生の女の子の〈手際よく　トントン切りたい　母のよに〉。すると返球。〈切れてない　胡瓜と笑いを　盛るサラダ〉。母と子の日常がうかがえる。心の芯があったかくなる。

印象深かったものがある。〈海の音　聞こえる心に　変化あり〉と姉。〈海開き　えがおがもどる　うれしいな〉と弟。一月の表彰式には二人とも元気に参列した。中学二年生の姉は、いわき市で津波を経験した日から、恐ろしさや悲しみの入りまじった気持ちで波の音を聞いていたが、少しずつ耳と心への響きが変わってきたような気がした。それを言葉に込めたと話していた。小学四年生の弟は、原発事故の影響により、いまだに一部の地域だけで開催される海開きで、人々の笑顔を見ることができた感動を投げ返した。

言葉のボールの飛び交う間にあるものが一緒に伝わってくる。相手との見えない心の糸の強さとして感じられる。震災後の日々に、真の対話が求められている。そのいろいろな形を家族や友人との暮らしのひとときに見せられて、審査しつつ何度か目頭が熱くなった。

南相馬市鹿島の浜に津波で流されずに立っていた一本松がある。〈一本松　ぼくも同じく負けないよ〉と子。〈立ち姿　息子と重なる一本松〉と母。息子の名は凜太朗。凜とした「十七字」だった。

◎ユニークな人づくり

新人教育の一つとして、ラジオのＤＪ研修

を取り入れている企業がいくつかある。先日、教え子から連絡を受けて、新春企画に出演させていただいた。研修では番組の企画から参加して、ゲストを招き、進行役を務める。人と出会い、対話をしながら、社会人としてのスキルを得る機会。スタジオは生きた研修室となる。私も長年、日ごろからラジオを愛しているが、このような視点もあるのだと感心。

「アポロガス」という会社を経営する篠木雄司さんはユニーク研修の考案者のお一人。今回をきっかけに連絡してみた。幼稚園やお年寄りの集まる場にぬいぐるみを着て訪問する「着ぐるみ研修」があったり、ドローンの操縦を学んだり……。今年も入社式の1カ月前の研修期間に、あれこれと企画しているとのこと。熱心な若者たちのこのような姿を見かけると、それだけで元気が湧くというものだ。

篠木さんは新入社員も含めて、一人一人に手紙を渡すことを長く続けている。「篠木社長からのラブレター」と呼ばれているそうだ。どんな会社にしたいのですか。「例えば社長の、社会の窓が開いていたとしてもですね、開いてますよと気軽に声をかけられるような会社にしたいです」。にこにこと話されるとこちらも笑顔になる。今年の春で震災から六年。だからこそ、福島を人づくりで有名な地域にしていきたい、と。

「飛梅（とびうめ）」をご存じだろうか。神社などの由緒ある梅を別の庭へと移植すること。震災直後から篠木さんは動きだして、福岡の太宰府天満宮から、梅を校章とする母校の高校の庭へと移すプロジェクトを敢行。話題を集めた。うれしい椿事ならぬ〈梅〉事。うれしいから、笑うのではなく、笑うから、うれしい。そのようなことをこれからも考えたいと大いに笑った。冬から春に向けて、つぼみ、膨らむ。

二〇一七年二月

◎木と支え合い生きる

福島県飯舘村と福島市を往復して暮らしている菅野クニさん。現在、「ニコニコ菅野農園」を営む。村は全村避難から長期宿泊へと移行。ご主人と相談し、昨夏にログハウスを母屋の隣に建築した。震災はナツハゼ栽培が軌道に乗ったばかりの出来事だった。

「タテログハウス」。つまり木を横ではなく縦に使う工法。震災の経験を生かして強度を考えた時、横から縦への発想になったそうである。写真で拝見したところ、一般に思い浮かべるイメージとは違うたたずまいであり、新しい味わいがある。ぜひ行ってみたいです。「誰でも見学オッケーですよ」。のみならず、寝泊まり自由。キッチンもあるのでどうぞ、と。たくさんの人が来てしまいますよ。「もう来ていますよ、今日も」。春になったらバーベキューやミニコンサートを企画する。

全村避難を余儀なくされ、初めて分かったそうである。村を愛していたのだということを。気持ちのまるごとをたくさんの人に伝えたい。安心して泊まってください。辺りの環境については丹念にご夫婦自ら放射線量を測っている。だからこそ自信を持って人々を招くことができる、と。

木材は全て、ご主人の生まれた年に植えられた樹木を使用。これらは困った時に何かに使いなさいとして、祖父から受け継いできた木たち。除染で家の周りの木は全て伐採。樹皮をはがしたあとに、裸になった木を測定してみたところ、数値は問題なかった。

この木を捨てずに家を建てることにした。これらは人生を共に生きてきた仲間であり、故郷そのものだ、と。緑に囲まれた暮らしを誇りとして生きてきた村の方々にとって、簡単な割り切りなどできない。これからも木と支え合って生きていく。熱い語り口に、深呼吸したくなった。

◎不安と希望を受けとめる

山田徹さんは初めてのドキュメンタリー映画を完成させた。その名は『新地町の漁師たち』。

震災直後に私はツイッターで、福島の現場の状況を三カ月ほど毎晩のように発信していた。その中で何回か登場した福島県北部の「新地町」という地名が心に残ったそうである。海沿いの見知らぬ町に、彼は足を運ぶことにした。

国道沿いの喫茶店に泊まらせてもらった。やがてそこを拠点に東京と新地町を往復する日々となった。いつしかカメラを回してみることにした。取材・撮影など全て一人の作業。ロケには町のホームセンターで買った自転車で行った。

海に出られない漁師たちが港に集まるところに、彼がカメラを構えながら近づいていく冒頭のシーン。漁師たちは不思議な若者を珍しがる。「どこから来たんだよ」。東京です。「東京から自転車で来たの?」。

だあっと笑う。元気で人懐こい浜気質の男たちの姿が映されている。

船を出さずに海をじっと見つめるしかない、それぞれの表情と姿をレンズに収めた。誠実な人柄が漁師たちに伝わったのだろう。震災後の人々の過ごした季節の本当がある。じっくりと彼につぶやく言葉が印象的だ。漁師はいつでも復興できる。世の中が復興できてねえだけだ――。

山田さんは生まれも育ちも東京である。東日本大震災に大変なショックを受けた。当時二十七歳。最初に新地を訪れた時にははっきりと感じた。津波のあとの浜辺に、たとえ転がっているボール一つにしても、暮らしていた人々の日々の記憶が込められている、と。

いつまでも波止場につながれたままの数多くの船を、浜辺から見つめて直感した。静かにその影を揺らしているような、見えない不安と希望の波を受け止めてこそ、自分の撮りたい映画になる、と。沖へ出たいといつも水平線を見渡している漁師たちの真顔と横顔を記録しよう。新地町の子どもたちへきちんと海を返したい、漁業を残したい、その思いを支えにしている人間たちの背中を追い続けた。

この地には、漁の無事を祈る「安波祭（あんばまつり）」がある。裸の男たちが冬の波間へと御輿（みこし）をかついでいく先祖代々の祭りである。

二〇一六年十一月三日、震災後初めてその祭が開かれることになった。その場面が収められたラストシーン。凍えるような浅瀬を動く男たちが目の前に迫る。

一緒になって海の中へ入り、カメラを回しながら共に祈る山田さんの姿を想像する。スクリーン越しに水の冷たさと青年の情熱が伝わってくる。

二〇一七年 三月

◎熊本と福島をつなぐ丘

四月に熊本にうかがうことにした。地震後すぐにと思っていたが、機会を得られなかった。被災した熊本へと手紙をしたためるつもりで詩を書いてお送りした。それから一年が経った。現地を歩き、再びの春の姿を私なりに書き留めたいと願っている。

福島の海へ。津波を受けた場所は更地となり、何もない光景が続く。こちらの岸辺は六年が経とうとしている。震災一年後はまださまざまな物が残っていたが、歳月と共にすっかりと整理された。ただ、平らな土地のところどころに小さな祠(ほこら)がたたずんでいる。

以前、津波で流された山田神社の再建についてて書いたが、その宮司の森幸彦さんとお会いした。祠の小さな影が何もない風景で今、大切な役割をしている、と。全てがなくなり、自分の家の跡地を目指す時の目印がない。祠を頼りに見当をつけている方が多いとのこと。神社にはそのような役割もあるのだと知った。故郷の記憶の……、心の置き場なのである。

森さんは博物館の学芸員の仕事をなりわいにしている。震災の資料や遺品などの収集を熱心になされてきた。消滅した集落名が書かれた徳利、震災の時刻で停止した看板時計、津波で壊れたパトカーのドア……。さまざまな物を展示する「震災遺産展」を企画した。神職とはまた違う表情で静かに話す。「震災の全てを語ることはできないけれど、断片だけでも丹念に集めていきたい」。それがいつかつなぎ合わさり、数多くを伝えてくれる。

あの日、津波が来た。四十数人の方々が、海辺近くにあった山田神社の境内へ避難したが、のみ込まれてしまった。神社は高台へと移された。社の奥には仮社殿が収められている。熊本のある工業高校から寄贈されたものである。月日と道のりがつながる丘。春を前にして手を合わせたい。鳥になってしまった人々へ。

◎あなたの静かな眠りに祈る

震災から六年。今年からある慰霊祭に参加することにした。私の家の菩提寺である福島市の安洞院に、震災四年後の二〇一五年、東日本大震災の慰霊塔が建立された。後ろには福島・浜通り地域から移されたお墓が並び、それらを守っているかのようだ。その塔の前の広場で今年も開催された。

今回から「祈りの手紙」と題して震災への思いを込めた手紙を募集することとなった。「手紙の相手は、生きている人でも、亡くなった人でも、あるいは故郷でも、大切な動物でも」とホームページなどで実行委員が呼びかけた。集まったものを丹念に読ませていただき、当日にそのいくつかを、女優の夏樹陽子さんと共に朗読させていただくことになった。

例えばリンゴの農家を長らく続けてきた方からの手紙には、除染の折に育ててきた木が切られてしまった時の、深い絶望が書かれていた。その姿はまるで「打ち首」にあったようだった、と。現在も家計の三分の一は賠償金をあてているが、早くそれに頼らない生き方がしたい。口惜しさが手書きの文字に宿っていた。

町の真ん中に山があり、そこに柚子畑が広がる。手紙はその仕事をずっと見守ってきた住民の方から、農家のみなさんへ。鈴なりの柚子の実の風景は圧巻。しかし震災後は、豊作であるほど悲しく思った。今も一部の実が時々基準値を上回ってしまい、まだ出荷できていない。収穫はそれを測るための少量だけ。「今年こそ、無事に収穫ができることを祈ります」。

十二歳の子どもたちの手紙も多数、寄せられた。学校ぐるみで取り組んでくださったのかもしれない。「私はあの時、怖くてふるえていました」。当時は幼稚園などの年長組。「まだ行方不明になっている人々がたくさんいます。その人々と会話した事はないけれど、一人一人の気持ちが伝わってきます」。幼い心の中でさまざまな記憶が生々しくよみがえっているのが文面から分かる。

各地で起きている避難者への「いじめ」問題について、子どもの立場からの怒りが感じられた手紙が四通もあった。あの時は六歳だったが今、大人たちに負けないぐらいに伝えたい思いがあるのだとはっきりと知った。

大人も子どもも震災を始まりとして、同じ年を重ねてきた。手書きの文字に声を重ねているうちに、震災と向き合う精神の厚みをそれぞれに実感した。晴れ渡る空と寒風。亡くなった方へ私も詩の行を認(したた)めたい。「春のつぼみに涙を一つ／あなたの静かな眠りに祈る」。

二〇一七年 四月

◎震災後一年の熊本へ

震災後の熊本へ。あらためて、熊本とつながりを持ちたいと思ってきた。一年後の被災の地を訪ねたいと願った。深夜に熊本駅に到着。とりあえずホテルに投宿しようとして、タクシーに乗る。

町を眺めた。建物の間に更地のある風景が目立つ。運転手さんが、何もない場所は建物が倒壊して撤去されたところだと教えてくれた。道の途中にまだ崩れたままの建築物もいくつかあった。「地震直後はあちこちがこんなふうだった」という。

翌日の昼すぎに、仮設住宅で暮らす村田さんという女性を、熊本日日新聞の記者さんに同行していただく形で訪ねてお話をうかがった。四月十四日の最初の地震を受けた折に、周りの家々は崩れてしまったが、自宅は持ちこたえた。避難所には行かず、夫と二人で夜はろうそくをともして過ごした。福島の知人から安否を尋ねる電話が来た。夫は答えた。「熊本は福島のようなこつなかけん、大丈夫たい」。そして村田さんに、小さくてもいいから家を建て直そうかと明かりの下で話したそうである。

四月十六日に本震が来た。家が倒壊。夫は村田さんに覆いかぶさって守ってくれた。村田さんは病院へと搬送された。手当てを受けているとき、ご主人が亡くなったと知らされた。

「昨日のことのように思い出します。難しいことかもしれないけれど、小さな家を建てるという約束を果たすまで頑張らなくちゃいけないと、最近は思い始めています」

心がつらくなると、更地になった家の敷地に時折行き、庭の梅の木などを眺めるのだそうだ。「話の好きな主人だったから、何か少しでも心を交わせるといいと思って」。

「福島から来ました」とその後に話すと、顔が明るくなった。亡くなる前に夫に電話をくれたその知人から、昨年の暮れに手紙とリンゴが届いたのだそうだ。大切に壁に貼ってあったその名前と住所のメモを見ると、私の家の近所にお住まいの方だった。縁とは思いがけない時ほど、根の強い何かとして感じられることがある。

家族を失って、家を失って、その気持ちのまま余震に耐えた心はどのようなものだったろう。帰りがけに、一部被害のあった熊本城の天守閣を見つめて、ずっと村田さんの心の内を考えた。お堀の満開の桜が、歳月の残酷さと、それでも生きていこうとする力の象徴に思えた。

熊本は二週間で震度一以上の余震が千回を超えた。私たちは揺らされたのだ。とてつもなく大きな影に。だからこそ共に生きていきたい。

二〇一七年 五月

◎自主避難に正解はない

「避難した私たちのあの時　福島に戻ってきてからのあの時　そして、今」という表紙の言葉が目に入った。できあがったばかりの『みんなのひとしずく』という冊子と出会う。優しいデザインの装丁。開くと随所にイラストがある。いくつかの共通の質問に、アンケートで集められた匿名の声がたくさん載っている。自主避難した母親たちの体験が読みやすくまとめられている。

避難を決めたきっかけは？「いろいろな情報が流れていて、何が本当の情報なのかわからなかったので」。福島に戻ることを決めたきっかけは？「上の子がパパと離れた事で不安定になった」。今も避難している人へのメッセージもある。「避難継続大変だと思いますが、(中略）これからもがんばってください」。

一つひとつめくりながら思い起こした。震災直後に海辺から避難して、放射線量が低い福島県内の別の町で生活した元教え子のことである。

彼女の夫は仕事があり、現地に残った。娘と二人だけのアパート暮らし。その仮住まいから遠く離れた山のふもとの学校に娘を通わせることになった。車の送迎は片道一時間、行きと帰りで往復計四時間かかる。

ある日の夕方、迎えに行く途中で激しいめまいと吐き気が止まらなくなり運転ができなくなった。後にストレスによるメニエール病だと診断された。母としての自分が、ここで頑張らなければと思うほどに症状が悪化してしまったと静かに話してくれた。

他県に自主避難したあと、心身の不調に苦しんだという女性にうかがった体験談も心に浮かんできた。転居先の町のみなさんにとても良くしてもらった。しかし避難したあとの本当の気持ちや迷いを新しい知り合いには相談できず、後ろめたさから福島の友人などに話すこともできず、夫や親と別居してしまったからあまり語り合えず……。孤独に悩み続けているうちに、体調をかなり崩したという。

冊子の前書きにはこう書かれている。「住む場所がたとえ遠く離れていても、久しぶりに帰ってきても、私たちはずっとあなたの仲間です」。

自主避難に正解などない。白黒もない。だからこそ、言葉を交わし合おうという姿勢がある。

編集・発行元の「ビーンズふくしま」の富田愛さんに話を聞いた。避難先から戻った母親だけでなく、現在も避難中の方も加えて思いを語り合う「ままカフェ」を開催し、その活動から発想したという。

「同じ経験をしただれかの体験や言葉が大きな支えになる」と富田さん。このような発信こそ必要なのだ。子育てと社会の最前線に母親はいつも立っている。

二〇一七年　六月

◎丁寧に耕していく

「天のつぶ」。すてきな名前だ。粒の大きいお米である。震災後の福島市で稲作を営み、地元のみならず全国にそれを届けようとしている加藤絵美さんに会った。三十五ヘクタールもの大きな水田を、夫と二人で切り盛りしている。

元々営業の仕事をしていて、土をいじったことなどなかった。農家へ嫁ぎ、広大な農地を夫婦で受け継ぐことになった。現在、四人の子育て真っ最中である。

震災後に「福島はちょっと……」と言われてしまう現状が悲しかった。よりいっそう農業を、と思うようになる。この田園を、風景を、守っていくことを二人で決意。耕地の放射線量が問題ないことを確認して再開。しかし精神的に大変だった。農業をやるなんて……と、SNSなどに心無い書き込みもあった。

反対に全国から応援のメッセージも多数寄せられた。見知らぬ人の言葉が心の支えになった。今も県外からの注文が多くあり、励まされている。一歩でも前進しようという気持ちで続けてきて良かったと話してくれた。

先日、東京のある会合で試食会があった。飲食店の経営者たちに食べてもらった。とても好評だった。大きくて硬めで、しっかりとした味わいがある。おいしい。とても安全だと分かる。

だけど今年もまだ買えないと、ある人に言われた。心を込めているのに。間違いないのに。悔しい。あらためて突き放されたように感じた。

一歩。あきらめない。ブログやイベントなどで、自分たちの暮らしを丁寧に説明していくことをあらためて地道に続けていこう。こうして稲を育てている、毎日を暮らしている、と。私たちの人となりを知ってもらうことで、確かな注文をいただいているという実感がそれからは少しずつ出てきた。風評と向き合う。誤ったイメージを強引に消してしまうのではなく、むしろじっくりと掘り起こす。丁寧に耕していく。日々の農業からの教えを、ここに見つけられる気がする。

趣味は旅に出ること。農閑期などに、町づくりで頑張っている人々に、全国どこへでも会いに出かけて話を聞く。彼らの言葉は、心が後ろへ退いてしまいそうな時の励みになるという。

「ご主人は困った顔をなさらないのですか」

「笑顔で送り出してくれます」「すてきな方ですね」「はい」

子どもたちは、すくすくと成長している。母のこだわりは「どんなに困った時でも、小さくてもいいから一歩を踏み出す気持ちを持って育ってほしい」。

二〇一七年 七月

◎花咲く向日葵

東日本大震災が起きたその時。ＪＲ福島駅前のイベントホールで、大学の先輩が上演する舞台の手伝いをしていたという。現在、「劇団１２０〇ＥＮ」を主宰する清野和也さんと話をした。

そこはデパートの最上階だった。激震に、あぜんとするしかなかった。大きな揺れが続き、客席から叫び声があがった。芝居は中断することになった。清野さんは懸命に誘導した。観客も役者も、手をつなぎながら階段を駆け下りていった。

屋外へと出てみると、建物から避難してきた人であふれていた。雪やみぞれが降ってきた。天変地異とはこのことなのかもしれないと思った。上着やかばんを会場に置いたままだったり、舞台からはだしのまま駆け下りてきたキャストもいたり。みなで寒くて震えていると、余震におびえつつもコートや毛布をたくさん持ってきてくれた女性や、道端に段ボールを敷いてくれた八百屋の店主の姿があった。人の温かみを感じた。

震災後、清野さんを中心に十代、二十代の若者たちの劇団は結成された。どんな演劇をやるべきなのか。福島に残る民話や史実を題材にしよう。そうした視点にこだわる青年たちの誠実な姿勢。しだいに人気が出てきた。

「劇団120〇EN」の本番当日。満席の顔ぶれには老若男女、あらゆる層がある。江戸期・享保年間、年貢の増徴について江戸へと直訴しようとし、捕らえられ処刑されてしまった義民佐藤太郎右衛門の逸話を台本にして、昨秋上演した。悪政に苦しんだ昔の福島の人々、その心の痛みや葛藤を、みなで幕を開けてたどりなおした。

例えば親子で来てくれるお客さんがいる。実話を基にした物語は、子どもには理解するのがまだ難しい部分もある。分かりやすく親が子に繰り返して話している場面を終演後に見かける。その子どもがやがて親になった時に、思い出してまた語ってくれることを願う。それこそが、故郷の歴史の本当を伝えていくことになる。

少年のころ、たった一度、私は母と演劇を見に行ったことがある。「ふりむくなペドロ」という作品だった。大統領の独裁による圧政に苦しんだ時代のメキシコの孤児が主人公。観劇の思い出が私の心に残り、やがて演劇や文学をやってみたいと思うようになった。

芝居には現場でしか味わえない何かがある。一回の体験だけでもずっと胸に刻まれることがある。それを信じて幹を太くする青年の思いを、花咲く向日葵(ひまわり)にたとえてみたいと思った。

二〇一七年 八月

◎言葉にならないもの

震災直後の福島で、ツイッターでつづった詩を一冊にまとめた。詩集のタイトルは『詩の礫』。コリーヌ・アトランさんにより翻訳され、昨年フランス語版が出版された。このたびフランスの詩人や編集者、音楽家などの九人の選考委員により、第一回のニュンク・レビュー・ポエトリー賞に選ばれた。

表彰式は七月、パリの芸術家のサロンで開かれた。「暗闇の中で光を求めようとする視線がまぶしい。詩を通して詩人の使命感や宿命の強さが伝わってくる。清新な詩の弓矢が私たちの心を激しく射抜いた」などと授賞理由が述べられた。懇親会では三次まであった選考の過程を詳しく教えてもらった。震災のさなかに書いた詩を、文学作品として受け止めてくださった視線が伝わってきた。

詩とは何かについて、さまざまな方法で語ろうとする人々の言葉の豊かさを感じた。いつもこのような会話を交わしているのだろうとうらやましくなった。「災いを乗り越える姿に人間性が描かれ、人間を信じ続けたいと感じさせられた」という感想があった。たどり着きたい〈人間〉への信頼。書き続けるためのコンパスの一つを手渡された気がした。いささか人に酔いつつ、詩の仲間たちにサロンの本場の雰囲気を伝えたいと思った。

閉会。宿の近くまで送ってもらう。深夜のベッドへ。日本時間は朝だ。そう思うと、このまま目が覚めていく気がした。

天井を見つめて一日の支度をしている家族や仲間たちのこと、教え子たちのことを考えた。

津波で亡くなった知人のこと、故郷に戻れない人々のことを。まだ出口を見つけられない私たちの暮らしを。何を信じて言葉にしていけばいいのか。六年余が過ぎた。不意に感じる異郷の寂しさ。目を閉じる。

翌日はノートルダム寺院へ。ステンドグラスに見とれていると、やがて祈りの時間となった。集まる街の人々。パイプオルガンと歌声。神父の声が教会に響く。

家族や知人の死のみならず、過去の数々の戦争による死者を弔うための教会が、いたるところにある。時が経っても変わらない、変えることのできない死の意味。

光と絵と音楽は私の安易な感情も言葉も、初めから求めてはいなかった。見上げることの意味を教わった。「異郷の人」である私はため息をもらした。

言葉にならないものを言葉に。フランス語に囲まれながら、日本語でそうつぶやいて心に刻む。

二〇一七年 九月

◎高千穂神楽を南相馬で

福島県南相馬市鹿島区北海老に山田神社がある。震災後、海を見下ろす高台に新築されたのだ。かつては海辺近くの低い土地にあった。

津波の知らせがあった時、近隣に住む四十数人は避難場所へと集まったが、無念にもみな流された。社殿も全て流失した。

今の敷地の裏には沼と広い野原がある。この一帯でも波にのみ込まれたたくさんのご遺体が発見されたと宮司さんからうかがった。静かな波の音と風が抜けていく。新しい鳥居のある丘に立つ。青い空を見上げる。東北の秋の始まりの雲を追いかける。

宮崎県高千穂町に古くから伝わる高千穂神楽の舞があるので見に来た。宮崎の地からバスに乗って、福島市の福島稲荷神社とこの山田神社へと奉納しに来てくださった。社殿の中で行われると聞き、私も含めてたくさんの人々が集まった。

開け放たれた社の窓から潮鳴りが聞こえる。津波で残った海辺の樹木の影。それを背にしたさまざまな神の姿を見つめる。舞のしぐさ、面と衣装、笛や太鼓。眼前で繰り広げられる神楽の機微を感じた。高千穂の山野の空と木と風の姿が、そのままに所作の一つ一つにたとえられている気がした。それが瞬く間に背に広がる海景へと重なっていく。

波は地震のあとのおよそ三十分後にあの水平線からやってきた。警報を聞いて避難したが、大丈夫な様子だと早合点して引き返し、巻き込まれてしまった姿が多くあった。あるいは、安全だからと身を寄せた場所でのみ込まれてしまった人々もあった。あるいは誘導していてそのまま……。さまざまな知人の姿があの日の騒乱の海辺にあった。

私が教師になって最初に担任したのは、この町にある高校（相馬農業高校）の男子ばかりのクラスだった。震災後すぐに彼らは、各地から連絡をくれた。父や母や家族を亡くして、電話口で感情をこらえて報告してくれた教え子もいた。

あどけない彼らの青春時代の顔が、舞を見ていて次々に浮かんできた。十歳離れている私たち。彼らは四十歳手前、私は五十歳手前。生き残った意味を分かち合いたい。手を合わせた。

〝神々〟はバスに乗り込み、長い時間をかけて神話の国へと帰る。その前に、彼らに御礼を述べる。握手を求めると、ある人が涙ぐんで応じてくれた。ここで舞うことができて良かった。伝統を受け継ぐ人の手。祈りは道のりも歳月も越えていく。握り合いながら、それが分かった。

二〇一七年 十月

◎答えが出せなかった

宮城県南三陸町。沿岸の防災対策庁舎で、地震のあとに津波が来ることを知らせ、高台への避難を呼びかけ続けて犠牲になった職員がいた。遠藤未希さん。波は激しく建物へと押し寄せた。無念にも巻き込まれてしまった。その最後の瞬間まで、アナウンスし続けた彼女の声が残された。当時、余震の続くさなかのニュースで知り、心が動かされた。詩を書いた。タイトルは「高台へ」。

追悼の意味を込めて朗読してほしいと依頼された。その年の十二月四日のこと。凍える冬の朝に町を歩いた。ビルの三階や四階に、船が突き刺さっていた。屋上にひしゃげた車が乗っていた。あの高いところまで波が来た。私の立つここは波の底だ。この日は雪ではなかったが、激しい雨風が吹いていて、息もできない。しかし比べものにならないほどの強さと残酷さだったのだ。波の直撃を受けた庁舎は鉄の骨組みだけが残った。

目の前には驚くほどのがれきが積み上げられて山の影を成している。公園に設置されていた機関車が、横倒れになってそのすそにあった。言い表せない感情が込みあげてくる。鉄骨の前で、朗読のリハーサルを繰り返した。雨と風が、容赦なく私やスタッフの全身にぶつかってきて、何かを叫んでいるようであった。ここでたくさんの人生が水平線のかなたへと運ばれていったのだ。激しい天候と風景を心と体に刻みつけたいと思った。

今年九月に訪れたのは、それ以来となる。町は整備されていた。建物の周りは土が盛られていて、大きな穴の真ん中に庁舎が置かれているという印象だ。あの冬の日のすさまじい光景の面影はない。静けさを取り戻そうとする人間の本来の力を感じた。目の前に「南三陸さんさん商店街」があり、にぎわっている。駐車場から庁舎の三階の辺りが見えた。

震災遺構として、庁舎を残していくかどうか、まだ決定していないとうかがった。家族を失った記憶などが思い出されてつらくなるという声と、語り継ぐ象徴として残しておかなければと いう意見が地元では半々にある、と。秋の空が広がる。案内してくださった方に足を止めて問われた。和合さんはどう考えますか。私は津波で行方不明のままの友や教え子のことを思い浮かべた。その遺族の方々を。答えが出せなかった。

慰霊碑の前で、あらためて庁舎を見つめた。母と娘がお線香をあげて、手を合わせて戻っていった。慣れている様子だった。毎日来られている方々だと感じた。祈った。

二〇一七年十一月

◎分岐点から先へ

夕方に福島駅に到着。東京から本を読みふけっていた。慌てて降りた。よくあることだ。この駅から仙台と山形へと線路は向かう。二手に分かれていく車両の姿を眺めた。

開いていたのは『しんさいニート』（イースト・プレス）。いわゆるエッセー漫画だ。絵と文章が半々のページ構成である。かばんにしまい込む。夕焼け。

作者のカトーコーキさんは、福島県浪江町の大堀相馬焼の窯で修業を重ねた若者だ。その後、故郷の南相馬市で陶器などを売る店を構えた。数年後の二〇一一年に原発が爆発して、親戚のいる北海道へと急ぎ避難した。陶芸をあきらめて美容師になることに決めた。函館の専門学校に2年間通った。東京の美容院へ就職。しかし職場の人間関係に悩まされて辞めることにした。

働く気力をすっかり失って、極度の鬱に陥った。一時は自殺も考えた。カウンセリングなどにより回復するが、その後は東京で職を持たずに、いわゆるニートの暮らしを続けている。

深い苦悩と、それでも、と手探りする思い。その日々の中で必死に紙に向かった初めての著作。絵にはどこか手作りの感触があり、静かに伝わってくるぬくもりがある。

前半は、震災直後の暮らしを生々しく思い出させる臨場感がある。文章でも映像でもない、漫画の力といえるだろう。後半は、喪失感や挫折感にさいなまれた心の闇から何とか脱出しようとする毎日がつづられている。

読み進めながら、例えば手や声をあげたりしていないだけで、このようなつらい経験をしている人は大勢いると直感した。あらためて避難した先で暮らす人々の歳月を思う。そしてこの漫画は震災の経験の有無にかかわらず、生きる道に迷う人の気持ちと共鳴するところがあると分かった。

この稿を書くにあたり、作者に連絡をしてみた。気さくな方だった。かつて私が南相馬市で暮らしていたアパートと彼の家は近所だった。

親しみが湧いた。これを描き続けたことで心のいろいろな波が少しずつ静まっていった、自分の絵と言葉に励まされたと教えてくれた。

震災がなかったら、と尋ねた。変わらずに故郷で陶芸をやりながら生きていた、とすぐに返ってきた。よく眺めていた南相馬の大いなる夕暮れの空と秋の雲がなぜだか鮮やかに浮かんだ。

列車は分岐点で、違う方角へと進んでいった。青年の人生をまるごと乗せて。それでもその先に、降りてもいい駅は必ずある。冬が始まる気配が、少しだけゆっくりになった気がした。

二〇一七年 十二月

◎国道一一四号線を走る

休日に国道一一四号線を車で走った。福島市から出発し、川俣町の山木屋地区や浪江町の津島地区などを抜けていく。震災後、これらの地区は避難の対象となったが、今は一部が解除となっている。

山木屋へさしかかると、車の姿が見受けられる。人の気配が以前より戻りつつあるのを感じた。落成したばかりの道の駅で休憩。知人と思わぬ再会。帰還した方々が、ここにまとめ買いに来るとの話。今のところ、買い物のできるところが他にないという。

山木屋を過ぎてさらに行くと「この先帰還困難区域」「歩行者は通行できません」「長時間の停車はご遠慮ください」などの立て看板。大きな道から分かれていく小道の入り口にはバリケードがある。

震災のあった二〇一一年の秋に、防護服を着て浪江町を歩いた記憶がよみがえる。翌一二年の春にはヘリコプターに乗り、沿岸からこの辺りを見た。海辺には消波ブロックや船が散乱し、もう少し進むと地震で崩れた崖や建物があった。一年経ってもあの日のままだと直感した。被ばくした牛たちを育てている広い牧場を上から眺めた。

　そして今、柵の向こうの家々は傷んでいる様子だった。草木は野生のままに茂り、柿の実はそのままに熟れている。しかし歳月がたち、こうやって浪江町へと抜けることができるのは、前へ進もうとしている証しなのだとも感じる。たとえまだ、立ち止まって景色を見ることはできなくても。

　この道を覚えている。ところどころに働く人と丸々とした牛の姿などがあって、のどかな眺めだった。教え子の家などを訪ねて行き来した記憶が追いかけてくる。

　無人の景色が寂しい。一時間近く走り、浪江町の牧場にたどり着いた。駐車場には大きなバスが止まっていた。遠くの街から見学に来た様子である。間もなく行ってしまった。牛たちが集まって、餌や冬の土に残るわずかな草を食んでいた。人間は私だけ。

　やせている数頭と目が合った。命の深さと強さについて考えた。ここまでの道のり。孤独感に心が占められていたので、よけいにそう思ったのかもしれない。命とは何かを、漠然と。

　十二月の日の入りは早い。もっと走りたくなった。静かな大熊町、富岡町、双葉町、広野町の夜。いわき市を通って郡山市を回り、福島市に戻る。二百キロを超えた。

　車を止めてメーターの数字を見ても、答えはなかった。問いしか持ち帰れなかった。真冬の始まり。今をどう伝えればいいのか。ただ思いをめぐらせる。

二〇一八年 一月

◎歳月と共に育つ心と言葉

震災から今年の春で七年。例えば震災当時六歳だった子どもは十三歳だ。ある女の子から直接話を聞いて、はっとさせられた。避難先で暮らしている年月のほうが長くなった。故郷は福島県大熊町だけれど、新しい町で過ごしている印象が強くて、幼い記憶はしだいに薄れてきてしまっている。思い悩む時がある、と。

ある高校生は、避難先から同県楢葉(ならは)町(まち)へと家族で戻った。近所の人々や友だちのほとんどはまだ帰ってきていない。現在、遠く離れた学校へバスと電車とを乗り継ぎ、片道二時間半ほどかけて通っている。この町で仕事を見つけて、ずっと暮らしていきたい。その一心で頑張っている。人の姿が現在も少なくて、町の面影がないのが寂しいと静かに話してくれた。幼いころから続けていた剣道も、あの日からずっとやめてしまっている。

また別の男子中学生は震災の直後から避難せずに、ずっと故郷の町に住み続けてきた。歳月が経つと、しだいに人が戻ってきた。除染や建設業などに従事する人の影やビルがだんだんと目立つようになった。住民や建物が増えていくのはうれしいのだけれど、最近になって時々、町そのものがよそゆきの表情をしていると感じることがある。

年月を重ねたからこそ、故郷と向き合いながらそれぞれの場所で今、若者たちは答えを探している。時を経て語られる震災への新しい実感に、耳を傾ける時ではないか。

今回も「ふくしまを十七字で奏でよう」（福島県教育委員会主催）の審査委員を務めた。五七五の文字にのせて家族や友だちなどで互いに俳句を送り合う。いわゆる相聞の形をとったユニークなコンクールが毎年実施されている。今回は四万二千組以上の応募があった。

「震災時　生まれたぼくは　一年生」（山田貴翔）と息子の句。「お腹なで　絶対守る　この命」（山田みゆき）と母の句。けなげな親子の姿が見えてくる。今は息子さんの頭をなでているのだろう。

不通となっていたJR常磐線の富岡（福島県富岡町）―竜田（楢葉町）間が昨年十月、やっと動きだした。初めて駅の改札をくぐった思いを書いた作品。「風を切る　銀、緑、赤の　常磐線」（鈴木桜子）と娘の句。「初めての　改札くぐる　小さな背」（鈴木直子）と母の句。喪失の経験のあとに、我が子と一緒に出会った暮らしの喜びが伝わってくる。

子どもと大人とで温めている望みの声とそのこだまが聞こえてきた気がした。歳月と共に心も言葉も育っている。それはしなる弓と矢を持っている。

二〇一八年 二月

◎津波をめぐる葛藤

「まほうのつなみ」という忘れることのできない詩がある。二〇一三年に小学二年生だったさとうゆうのすけ君の作品だ。祖母が津波のあとの志津川を眺めていつも悲しんでいた。励まそうとこんなふうに書いた。

「おばあちゃん／げんきをだしてね」「いつかきっと／いいつなみがやってきて／もとの町になるから／／まほうのつなみで／もとの志津川に／もどるから」

当時は「波」や「海」という言葉を口にする

ことができない人が多かった。さとう君は「つなみ」に「いい」や「まほうの」という文字を重ねて、懸命に気持ちを伝えようとした。小さな手のひらで手渡そうとしているかのような思いが痛いほどよく分かった。たくさんの人の心にこの詩は響いた。

最近、大和田新さんと話をしていて、この作品に触れた時の切ない気持ちを思い出した。

長年ラジオで活躍している名アナウンサー。私は震災の日の夜、家族と車の中へと避難しながら、ラジオから流れてくる彼の声を聞いた。「たった今入ってきた情報をお伝えします。仙台市若林区の海岸に数百人の遺体が流れ着きました」。耐えきれなかったのだろう。ベテランアナウンサーはその後すぐ、マイクの前で泣き崩れた。

その後、精力的に震災に関する番組を作ってきた。深く悩んでしまったことがある。サザンオールスターズの「ＴＳＵＮＡＭＩ」という曲のリクエストがあったのだ。津波のような侘びしさに、というフレーズのあるメロディーを流すべきかどうか。音楽に罪はない。しかしつらいと思う人はいるだろう。だが、あらためて震災を考えてもらうきっかけになるかもしれない。青春の思い出がこの一曲にあり、励まされる人もいるだろう。

答えが出ない。被災した方々に尋ねた。「私は聞きたい」「さりげなく聞くことができた時、心の復旧の証しになるのかもしれない」「理解は得られると思う。でも、つらい人がいるのも知ってほしい」。ありのままを伝えるしかない。

昨年暮れの番組にて。スタジオでこの曲を耳にしながら涙が出た。一曲への葛藤の日々が頭をめぐった。そして流し終えた時、新しい一歩が踏み出せるような気がしたそうである。

「まほうのつなみ」の詩を書いた幼くも懸命な心が、彼の誠実な苦しみの向こう側に見えた。

歳月が鏡のように映し出される一瞬が、暮しの波打ち際にある。春を前に分かち合いたい。

二〇一八年 三月

◎「底無しの悲しみ」から

三月十一日に福島市の安洞院で慰霊祭「祈りの日」が開催された。「祈りの手紙」と題する手紙を昨年に引き続き募集した。生きている人宛てでも亡くなった人宛てでもいい。故郷や動物に書いてもいい。それを仏前へと奉納して手を合わせる。

当日は女優の紺野美沙子さんに朗読をお願いした。たくさんの人が足を運んでくださった。福島県内のみならず、関東や関西からも問い合わせがあった。

地震と原発事故のあと、混乱の日々の中で、病などにより多くの人が亡くなった。急逝した夫へ寄せた一通がある。妻の律子さんは突然のことに「底無しの悲しみ」を味わったという。心のこもった朗読を聞きながら、震災がなければもう少し長生きできたのではという無念を抱えた方々と出会うことの多い歳月を思った。

律子さんは、ぼうぜんとする日々の中で、娘の彩子さんが大事にしまっていた夫からの手紙を見せてもらう。「あとは彩子たちが生き生きと自分の人生を歩んでくれることと、健康で、お母さんと生きていけたらと思っています」。その一文を目にした時に「恋しくてうれしくて涙がこぼれました」。そして「心の中に温かないのち」が再び浮かび上がってきたとつづっている。こうして今手紙を書くことにより、絶望から自分の心を救い出すことができた、と。

　別の便り。遠い町の友へ。安全であることを確認しながらも、震災の前のように柿や米などを贈ることをためらう自分の心がこれまでの日々にあったという。「おいしいから食べてね。の言葉より先に、安全や安心を伝えるのは、なにか寂しくもあって」と正直に記している。しかし「ここにあるものへの願い、畏敬の念はずっと変わらないものです」。

　季節を経て、ここまで気持ちの整理ができたことが丁寧な言葉の運びから伝わってくる。「今年の秋には、新米と渋抜きした柿を『うまいよ』の言葉だけ添えて、あなたに贈りましょうか」。

　本堂をお借りしての催事。朗読と琵琶（びわ）だけのイベントには、ただ素朴な言葉そのものが求められていると感じた。数本の大きなロウソクをともした畳の上に声が響き渡る。それを頼りに顔を寄せ合って耳を傾ける人々の影。

　それぞれの七年。二〇一一年の四月以降に生まれた子どもたちはこの春、小学生だ。

　鳥や風になってしまった知人の顔が浮かぶ。彼らにつぶやいてみた。学校に初めて行った日のこと、覚えていますか。

二〇一八年 四月

◎海を信じることにした

　手紙を読み返している。福島新地町で漁を営んでいる小野春雄さんからの一通である。

　地震の際に小野さんは自宅に居たが、津波の知らせがあり、すぐに港へ行き、船を沖へと出した。高波から船を守る「津波よけ」のためだ。漁師をしている弟も急いで家から沖へ。襲来を待つ。

小野さんの船の無線に弟からの連絡が入る。エンジンが故障してしまった、と。動力がなければ船は波間に簡単に横倒しになる。危険だ。小野さんは船を向けようとした。弟の死直前の言葉は「駄目だ。津波が来た」だった。

目の前の手紙には「声は今でも耳の底に残っており、胸が掻きむしられる思いが続いている」と記されている。震災から七年が経ち、弟の乗っていたものと同じ名の新しい船がもうすぐ完成するとあった。その進水式が四月にあるという。その式にぜひ出席していただいて、その後に相馬から新地へと向かう船に一緒に乗りませんかと末尾で誘われた。

朝に大漁旗を掲げた新しい船は晴れがましかった。無事に進水。造船所のある相馬港を出た。技師も同乗しており、調整のためにさまざまな速度が試された。高速運航もあった。揺れる波と風の中を弾むように行くので、振り落とされそうになる。必死に柱を握りながら立っていた。これこそ漁の醍醐味なのかもしれない。海のダイナミズムが少しだけ分かった気がした。波の力を手と足で感じた。

船出の前に他の漁師にも話をうかがった。あの時は三階や四階ぐらいの高さの水の壁がすごい勢いで迫ってきた。無線で「来たぞ」と叫んだという。目の前の海が豹変する様子を想像した。昔ながらの波の乗り方をやり抜いたそうである。どれほど恐ろしかっただろう。あらためて船の上から、光る沖を見つめてみる。

相馬港の近くで弟の遺体は発見された。三月十一日になるとその海に船を浮かべて、生前に好きだった食べ物などをお供えして、皆で手を合わせているそうである。共に船で生きて来た彼を何とかして助ける方法はなかったのか。

「掻きむしられる」ような兄の思いが七年の時を経て、新しい船出へと導いたのだろう。

ここでの漁業は依然として試験操業のままであり、本操業の見通しは立たない。造船には心配の声もあった。

しかし、小野さんは海の未来を信じることにした。子孫に漁業を残したいという一心だ。到着。にぎやかに祝いの餅がまかれた。手をあげる大人も子どもたちも笑顔だ。舞う大漁旗。

二〇一八年　五月

◎南国の若者たちのまなざし

五月の連休にインドネシアへ行った。スラウェシ島のマカッサルという都市で国際作家フェスティバルが開かれ、招待を受けたのである。この会の創始者の一人である松井和久さんは福島市出身。現在も海外と日本とを行ったり来たりしながらの暮らしを続けている。

会が始まる前の午前中に、松井さんと親しいリリ先生が教壇に立つ国立ハサヌディン大学に講演をしに出かけた。私の講演の前にリリ先生は、東日本大震災当時はオーストラリアのメルボルンにいて、ニュースで甚大な被害を知ったことを話した。スマトラ沖の津波の記憶が重なったことも。

私は冒頭で「みなさんは故郷を愛していますか」と尋ねてみた。即座に会場から「もちろんです」という答えが返ってきた。真っすぐな情熱。日本の学生に同じ質問をしてみたら、どんなリアクションをするだろう。はにかむことのない純粋な姿があった。

震災から七年たち、福島は再生を目指して前に向かっている一方で、もう故郷に戻れないという喪失感や孤独、ぶつけようのなさを深めている人々の姿もある。右手と左手に違うものを携えて暮らしているような実感があると伝えた。学生たちはこれから日本に渡り勉強や仕事をする予定だという。真剣なまなざしはすでに日本に向いている。

講演後に松井さんと昼食を食べに出かけた。店にたどり着くと、中が暗い印象があった。ついさっき停電したらしく、街路に面したテーブルに通された。店の人も客たちも停電には慣れている様子である。

二人でインドネシア風のワンタン麺を食べた。彼は震災当時もここに滞在していたが、居てもたってもいられなくなり、福島に戻った。すぐにボランティアスタッフとして避難所へ行き、作業にあたった。停電が続いていた。不安の声があった。だが彼は気にならなかった。心配するたくさんの人々をしっかりと手助けし、慰めた。決して便利な環境ばかりではない、海外で暮らしているからこそ、いざという時に驚かないのかもしれないと感じたそうである。

麺を味わいながら、エネルギーに満ちた南国の街やにぎやかな通りの景色について感想を述べた。先ほどの教室で若者たちの目が何かを教えてくれた気がした。何をだろうか？

「想像しているよりも福島や日本を思っている人々が、海外にはたくさんいます」と松井さんは言った。なるほど。若者たちの瞳が私たちへと開かれた窓にも鏡にも見えた気がした。

二〇一八年 六月

◎消えない心の中の遺構

職場の同僚から、宮城県の石巻のほうへと車で出かけた話を聞いた。「昨日、久しぶりに休みが取れましてね」。大川小学校の校舎へ。津波で亡くなった子どもたちを思って手を合わせてきた、と。携帯の画面で、写真を見せてくれた。

見つめていると不意に、福島県相馬市のご出身で、避難をしてきてからはずっと福島市に暮らしている女性と先日に交わした会話が頭に浮かんできた。海辺にあった家も家族も失ってしまい、七年が経った今も昨日のことのように思い出されて、つらくて仕方がない。相馬に行ってみようという気持ちに今もなれない……と。

同僚によると、大川小の周辺にもたくさんの家々が立ち並んでいたそうである。今は更地が広がる。歳月が経っても無念の思いは消えない。

携帯の画像が切り替わるたびに記憶がめぐった。昨年の夏の南三陸への旅を思った。海にて漁を営んできた漁師さんへの取材に出かけたのである。

彼は震災の時は関東にいた。そして、慌てて戻ってきた。故郷の風景が一変。家族や友人が波にのまれて亡くなっていた。泣くしかなかった。海が恐ろしくなり漁師を辞めた。しかし幼いころから親しんできた磯の香りが忘れられないと分かった。ハマグリやホヤの養殖場を再生させようと決心した。心の傷がふさがることはないが、少しでも前へと向かいたいという気持ちを話してくれた。

その後に津波の被害を受けた防災庁舎跡地へと足を運んだ。亡くなった方々の冥福を祈りたいと思って、震災の年の冬に訪れたことのある場所だ。時はめぐった。その際に目の当たりにした光景とはすっかりと変わっていた。骨組みだけが残った庁舎の周りには土が盛られ、その上から見ると、三階だけが顔を出しているように見えた。この周辺に震災復興祈念公園が造られる予定である。

すぐ近くの「南三陸さんさん商店街」にて、お店の方と話をした。庁舎が目に入ると記憶がよみがえり、心が苦しくなるから撤去してほしいと願う気持ちがある。その一方で、後世までこの姿をモニュメントとして残していかなくてはならないという思いもある。それを聞きながら、どちらも正しいと感じた。震災遺構というもの言わぬ語り部に、どう向き合っていくべきなのか。


あの日から暮らしてきた私たち一人一人の心のモニターにも、ずっと言葉にできない遺構の影がある。記憶をめくりながら静かに見つめる校舎の写真……。ここまで波がやってきたそうです。渡り廊下がこんなふうに落下して……と指をさしながら、同僚は説明してくれた。

二〇一八年 七月

◎いつも風に問われてきた

福島の木を誇りにして生きる若者と出会った。福島県と山形県にまたがる吾妻連峰のふもとで盆栽の仕事を営む阿部大樹さん。祖父は独自の作風「空間有美」を確立し、種子から育てる栽培法「実生（みしょう）」を実践した盆栽界の巨匠である。祖父から父へ、それを受け継いだ彼は三代目になる。

「感性と技術は違う」。五年間修業させてもらった親方は、彼に最後にこう言った。「センスがあっても技術がなければ作れない。しかし技術があってもセンスがなければうまくいかない」。「僕はきみに技術を教えた」と。そしてこのように加えた。「この世界は奥深い。これからも人の二倍では足りない、三倍は努力せよ」。

震災後は目に見えない放射性物質という「影」と向き合う日々を送った。風評にもさらされた。それでも自然の持つ美しさにゆるがない心のありかを見いだしている自分に気づいた。美を感じる心はそれらの「影」たちを超越する力を持つのだ。そしてなおさら道を突き進みたい、と。

日々、時間を見つけては吾妻の山々へ登る。盆栽は木の姿をこつこつと作り出していく仕事であるが、山歩きをしながら天然がもたらすかたちの鋭さや美しさにはかなわないといつも思っている。木に没頭している自分を感じながらいつも心の中には祖父や父や親方の存在がある。一生の仕事にしようと決めたのはどうしてなのか。「自分の中に流れている祖父や父の血がそうさせているのだと思う」と語った。

何かを追い求めて、一人でのしのしと山道を歩く姿を想像しながら、福島の山を愛した高村光太郎の詩の一節が浮かんだ。「ああ、自然よ／父よ／僕を一人立ちにさせた広大な父よ／僕から目を離さないで守る事をせよ／常に父の気魄を僕に充たせよ」。

私も震災後に詩や文章を作りながら、ならば何を書きたいのかといつも問われてきた気がする。震災後の故郷の自然の姿を、山河や海を描きたいのだとはっきりと分かったことがあった。一方でさらに厳しく、風に問われている気がする。例えば今なお、除染廃棄物を詰め込んだフレコンバッグが積みあげられている野山の風景をどう書き表すことができるのだろうか。

阿部さんの自宅の庭先では、お子さんが盆栽のまねをしていつも遊んでいるそうである。親ばかですがと照れ笑いしながら、かわいらしさの中にも血筋を感じることがあると話してくれた。自分の後ろ姿を見て我が子は育つ。なるほど、背中を見せる生き方をか……。故郷の山を見あげる人生を。自然よ父よ。

二〇一八年　八月

◎残された木たちと話してみたい

あらゆる木の姿が愛しむように描かれている。「森のささやきが聞こえますか　倉本聰の仕事と点描画展」を福島市の「とうほう・みんなの文化センター」にて見た。白いスケッチブックやキャンバスにペンなどで小さな点を細かく描いていく手法。輪郭や濃淡などをこつこつと表していく。細密な筆と息づかいが感じられる。全部で百二十三点。

風景には大いなる自然の慈愛が感じられる。それがそのまま倉本さんが脚本を手掛けたあの人気ドラマ『北の国から』のワンシーンであるかのようだ。トークショーにてドラマの蛍役で知られる女優の中嶋朋子さんとお話をさせていただいた。「倉本先生は撮影の合間によくスケッチをしていました」。脚本家が言葉のない対話を求めるようにして樹木と向き合った歳月を想像した。

一枚一枚を眺めていると、ある方に話しかけられた。絵を見るために福島県南相馬市の鹿島から来られたそうである。お話を聞いているうちに、私が何度かうかがっている山田神社の近くにお住まいの方だと分かった。

その神社は、現在の高台へと移築される前は、もう少し低いところに立っていた。津波が来た折には四十数人の方が、境内に避難をなされた。しかし残念ながら波にさらわれてしまった。その後に新しく建立されたお社は、海が見渡せる丘の上にある。たどり着く手前の海に面した崖には数本の木があった。いずれも津波で残ったものである。その方はいつもそれを見あげて、励まされているような気持ちがすると話してくれた。

倉本さんの震災後の作品には、富岡町の「夜の森公園」の桜の木が描かれている。ここは桜の名所であり、花見の時期になるとたくさんの方がそれを愛でに訪れたものだった。原子力発電所の爆発をきっかけに見る人も住む人も、その姿が見えなくなってしまった。絵に倉本さんの詩が添えられている。まるで語りかけてくるかのようだ。

「戻ってくるかと　翌朝待ったが／帰ってきた人は　誰一人いなかった／その翌朝も／またその翌朝も／そして　翌年の3月になっても／春には花を咲かせて待ったが」

真顔で話を切り出された。絵を見ていたら、あの丘に残った木たちと話をしてみたいと思ったのだけれど、どうしたらできると思いますか。私も同じ気持ちです。木々とも、そして、あの日に水平線の向こうへと行ってしまった人々とも。点と言葉と時をつづるようにして。

二〇一八年　九月

◎浪江町の校歌を作詞する

心に思い描く風景がいくつかある。例えば福島県浪江町の請戸の海辺。南相馬市に暮らしていた時にとても気に入っていた。当時は二十代という若さもあって、休みの日には片道三時間ほどの道のりを苦にもせず、朝からサイクリングに出かけたものだった。軽くお昼を食べて家に戻り、ノートを開いて詩のメモなどを書いたりした。のんびりとした幸せな日々だった。

東日本大震災の日、その一帯を激しい津波が襲った。数多くの家と人がさらわれてしまった。

折に触れてその話を聞くたびに、親しんでいた波打ち際の光景が切なく浮かんできた。そして、海へと向かう道のりを思い出してきた。

浪江町の新しい学校の校歌の歌詞を書くことになった。夏の終わりの週末に学び舎と周辺の写真を撮りに出かけた。来春入学してくる子どもたちの姿を想像しながら、撮影を始めることにした。建物の新しさに惹かれた。すでに整えられている花壇の草花が風に優しく揺れていた。

これまでたくさんの校歌を書かせていただいた。まず大事にしたいと思っているのが校舎と庭の景色である。資料を眺めただけで作詞をする書き手もいるようだが、それでは何かが物足りないと思う。たたずまいの大部と細部や、グラウンドなどの土と風の匂いを体で感じ、足で歩いてみて、言葉にしていきたいというこだわりがある。次に近辺を訪ねてみると、通学路やその途中にある公園の風景などにも作詞のヒントがあったりする。

海の近くにある見晴らしの良い場所まで来てみると、はっきりと分かった。この道や頭の上に広がる空と雲の感じ。ああこのまま請戸港の海へと続くに違いない。思った通り、ここは、何度も思い返してきたなじみのある道であった。ああすぐ先には、懐かしいあの岸辺があるはずだ。津波の激しさを物語る。更地のままの土地の真ん中を車で進んだ。

目に入ったのは大きな防潮堤であった。階段を上ってみると、やはりそうだった。かつての浜辺を見下ろすように立っていた二階建ての建物が少し先に見えた。あの波の猛威に耐えたのだ。堤防の上から、あらためて学校からここまでの道筋を眺めた。平らな土地と巨大な焼却施設の影が見える。潮鳴りはずっと静かである。

あの海はもうないのだ。分かっていたはずなのに、寂しくて目が潤んでしまった。浪江の子らにどんな歌を贈ろうか。泣き虫の大人は、必死になって雲間の光をさがしてみる。

二〇一八年 十月

◎誰でも不安な子どもになる

北海道胆振東部地震について、詩をいくつか贈ってほしいと、地元の新聞社から声をかけていただいた。北海道と福島の地元紙にそれを載せて、読者に読んでもらいたいとのことであった。熊本の震災の時にも、同じことをさせていただいた。

東日本大震災の折から、福島からツイッターで詩を発信し、全国の方からさまざまなメッセージをいただいてきた。その歳月の中で、直接の被災地はもちろんだが、日本や広く世界においても心を痛めている人が数多くいることを感じてきた。

それは〈間接〉の被災と言えるのかもしれない。少し前の豪雨災害は私の記憶を鮮やかによみがえらせた。屋根の上に取り残された人々は、津波のあとに震えていた人々の姿そのものだった。心が痛み、もどかしく思った。今回の震災についてもそう感じている方がたくさんいたに違いない。その方々へも届けたい。

今回の厚真町の激しい土砂崩れなどの現場写真を何度も見た。この光景は、昨年の春に熊本で見せていただいた高野台団地の土砂崩れの様子と重なった。津波を受けたあとの福島の海辺で見た光景とも。土砂も津波も、残していく巨大な爪痕は同じものだと感じてきた。

災害のすぐあとから牛の乳をしぼり、畑に穴を掘り、それをやりきれない思いで捨てている場面も、震災当時に余震にさいなまれながら何度も見たニュースの映像と同じだと思った。言葉が浮かぶ。

「北海道よ／それでも／私は／牛と共に／生きる／涙を／しぼる」

「ここで／北海道で／子どもを育てる」

四編の詩を書いた。掲載されたすぐあとに「和合さん、エールをありがとう」という投稿が地元紙に寄せられた。その文章の冒頭には、これまで地震の報道を目にして気の毒だと思っても実感に結びつかなかったと、誠実に記されていた。「札幌は地震が起きないと勝手に思い込んでいた」と。私も震災前は同じだった。

地震や停電を経験して初めて分かることがある。投稿した方は「不安な子どもをそっと抱きしめ『うん、うん、全部わかっているよ。大丈夫だよ』と言われているような慈愛に満ちている」と詩への感想を記してくださった。ありあまる言葉だ。被災した方々が毎日、恐れや心配を重ねていることをあらためて感じた。

誰でも不安な子どもになる。私もそうだった。北海道のみなさんは今、そのさなかにある。共に生きる手のひらのぬくもりを求めている。

二〇一八年十一月

◎冬眠している何かを探して

福島県相馬出身の彫刻家の、冬眠する蛙の作品を見に行った。ロビーにて休憩していると、お客さんの会話が耳に入ってくる。仮設住宅を話題にしている様子。かつては満杯だったけれど、今はもうだいぶ空いてしまっている。新しい復興住宅などへと移り住んでいった家が多い。

震災後に出会った方々の顔に思いをめぐらせた。フェイスブックで楽しみにしているものがある。川内村の井出茂さんが散歩の際に写す、村の朝の情景。そこにはたくさんの方々のコメントが寄せられる。懐かしみや親しみが交わされている。

東日本大震災直後に私が夢中で書いた詩を読み、彼は川内村へと戻ることをいち早く決めた。その後に何度か近況を聞いたことがあった。震災から一年後の春、人けのない村にてたった一人で鯉のぼりをあげたという話や、人が少しずつ戻ってきて田んぼに水が引かれた折に、静まり返っていた夜に蛙の声が聞こえるようになって、昔が戻ってきた心地がしてとてもうれしかったという話も印象深い。

この村には蛙の詩で知られる草野心平の、天山文庫という庵がある。蛙たちは冬の眠りへと向かっているだろう。

久しぶりに井出さんに連絡をしてみた。現在は商工会長を務められていて、震災直後と比べて声に張りがあった。八割の方が帰還しているとのことで、最近は食のイベントやマラソン大会を仲間たちと開催している。内外の交流が盛んになってきたという感慨や、そば作り、酒造り、パン作りの楽しさなど……。

井出さんは、これまでの推移を見てきて今思っていることを率直に話してくれた。まだ戻っていない、あるいはもう戻ってはこない方々に、まずはお互いにしっかりと今いる場所で生きていきましょうというメッセージを贈りたいと話した。

どこにいても故郷を思う気持ちは変わらない。みなにとっての懐かしい風景をずっと守っていきたい。一方で、海はもとより山や川の幸が震災から歳月が経ってもまだまだ乏しい現状を語った。人が戻ったとしても誇りを取り戻すのはこれからだ。心の回復は歳月の流れとは別のところにある、と。あの日から冬眠している何か。先ほどの丸々とした木彫りの蛙の姿が浮かぶ。

フェイスブックにアップされた写真へのリアクションは、どうやら村と縁のある人からばかりではないらしい。全国の方が自分の故郷への思いと重ねて見ているようだと教えられた。いつも連れ立って歩いている愛犬が見つめる明け方の空の先に、かけがえのない私たちの季節がある。

二〇一八年 十二月

◎心に刻んだ風景

同じ町に住む高校生たちに、学校の枠を超えて、詩の書き方を教えることになった。そして、できあがった詩を、十二月に開催された福島県高等学校総合文化祭にて発表することになった。

東日本大震災からの歳月を経て、高校生たちが今の思いをつづり、フィナーレの中で朗読するという内容である。講師を引き受けたが、まずは彼らの生（なま）の言葉がぜひほしいと感じた。日ごろ交わされている「復興」という言葉で容易にまとまってしまわない気持ちを書いてほしい、と。

夏の前にお引き受けした際、海辺から離れた福島市で暮らす彼らを被災地に連れていき、浜辺を眺め、被災者の経験談を聞くということはできないかと事務局に提案した。それはすでに企画されていると分かり、ありがたく思ったが、あいにく私のほうは出張があり同行できない日取りであった。アドバイスをと求められる。見るもの、聞くもの、五感で感じる言葉をとにかくメモしてほしい。詩は言葉が集まるところから始まると伝えてほしいと話した。

夏の終わりに被災地をめぐってきたあとの彼らの顔は違って見えた。たくさんの写真を撮ってきたようで、それを机に並べながら書き出す。

当時の津波のすさまじさや、今はすっかり片付けられてしまっている何もない平地や、慰霊碑のある風景などを心に刻んでいる様子だった。浪江から大熊、富岡へと進むにつれて、原子力災害により戻る予定のない家々が立ち並んで、静まり返っている寂しい姿をあらためて知った様子だった。細部を思い出すために熱心に開く彼らの手帳の中身からそれが伝わってきた。

作品のかたちになっていく中でこのフレーズと出合った。「誰に嗅がれるでもない金木犀が／人影のない学校でひっそりと咲く／／あの人影は　今／何を感じているだろう」。まさに「誰に嗅がれるでもない」何かを感じてきたと直感した。生徒である彼らのまなざしはまずは閉ざされた学校に向けられた。誰もいない学び舎に。率直で深いメッセージが宿る。

パフォーマンスについて、集まった当初はいささかためらいがあったようだった。経験は若者を鍛えて強くするのだろうか。秋、冬と集まりを重ねて、生の声で届けてみたいという気持ちへと変わったようである。

当日は大ホール。きりりとした顔の彼らがいた。何かを追いかけているような眼に存在感があった。「人や町のために自分に何ができるのだろう／どういうことをすればいいのだろう」。新鮮な声が若々しく客席へと光る矢のごとく放たれた。

二〇一九年　一月

◎気骨ある人々との出会い

福島県いわき市にて座談会が行われた。浪江町を花の一大産地にすることを目指しているＮＰＯ法人代表の川村博さんや、福島の産物をもっと流通させようと努力しているみなさんと語り合った。川村さんは若者や障害のある方々と「トルコギキョウ」を栽培して、熱心に花を出荷している。さまざまな風評と日々戦っている話に説得力がある。使命感と情熱が伝わってきた。

美しい花の発信。震災直後、町に残った幾人かが南相馬市で「ありがとう」と記された旗を作り、あちこちに立てていたことをふと思い出した。未曽有のさまざまな災害があったからこそ、恨み言ではなく感謝の言葉を掲げたい。言葉の「美しさ」を浜通りから全国に発信したいと語っていた人々の姿が頭をよぎる。避難をして人影がほとんどなかった町の風景に原色の旗はなびいていた。あれが花の影へと変わったのかもしれないと直感。

帰り道に高速バスで、同じイベントに参加していた母校の大学生らとたまたま席が隣り合った。二人は映画研究部に所属。私は演劇部だったが、映研とは部室が隣同士だった記憶があり、懐かしくなって話し込んでしまった。

現在三年生であり、他の部員は新入りの一年生だけだという。ある映画コンクールに応募して、第二位になったとか。応募総数が全部で四作だったのですが、と照れ笑いした。主演一人、監督一人の初めての映画であった。計二人での製作秘話を聞きながら打ち解けあった。

主演した大学生はドキュメンタリー映画に造詣が深く、自分でもゆくゆくは撮ってみたいという気持ちを抱いていた。福島の人間として震災のことをテーマに映画を作ってみたいと思うが、なかなか踏み出せないでいる、と。詩を書く時にどんなことを心がけていますかと質問を受ける。先輩風を吹かせてしまったが、まずは正直さだと即答している自分がいた。

そこに自分にとっての「本当」をどれだけ込められるかによるのではないか。これまでたくさん出会ってきた。そうした気骨のある人と、浪江に花を咲かせる人、産物や感謝の言葉を広く行き渡らせようとしている人、そして映画を撮ろうとしている若者……。

未来の映画人よ、歳月をどう記録できるだろうか。津波を受けた海岸は景色がすっかり変わっている。整地されたり防潮堤が築かれたり、静かな凪（なぎ）の音がその風景を包み込む。

たくさんの方々が波にさらわれて人生を終えた海を隠すようにして、堅牢な堤が築かれている。年が明けてからそこに上って太平洋を眺めた。驚くほど広々としていた。

二〇一九年二月

◎静かで若々しい情熱

昨年の暮れに、宮城県南三陸町にて「語り部バス」という活動をしている伊藤俊さんと出会った。「南三陸ホテル観洋」でホテルマンとして働いている若者である。希望のお客さんを対象に、宿泊した翌朝の一時間ほど、車で被災の跡地をめぐりながら話を続けている。

一人でも聞きたいという人があれば、バスを出すことにしている。二〇一二年に始まって以来、一度も休んだことがないそうだ。すごいエネルギーである。

実際に乗ってみた。車窓からは激しい津波を受けたあとに、今はすっかりと整備され更地となっている海辺の風景が広がる。防潮堤が高く築き上げられていた。巨大な壁により海が見えなくなってしまった場所に、車は止まる。後方の二人のお客さんのどちらかがふと、誰もいない広大なこの空き地を眺めてみると、何を守るための堤防なのか、不思議に思えてしまうとつぶやいた。

波にのまれてしまった小学校の校舎を乗客のみんなで振り返り、当時はいち早く全校生徒が避難できたという話を聞いた。伊藤さんは高い丘を指さした。あそこまで行ったけれども、それでも黒い波は目の前までやって来たので、さらに高いところまで行った、と。その上の神社の境内まで行き、ようやく津波から逃れることができた。海沿いの神社は津波の届かない場所として先祖代々から伝わるという話は、本当だったのかと感じたという。

伊藤さんが後日、自宅のアパートへ戻ると、津波の力で天井に冷蔵庫が突き刺さっていた。その写真を見せてもらった。奥さんも生まれたばかりの娘さんも違うところにおり無事であった。壁に貼っていた子どもさんの名を筆文字で記した紙が土の中から発見され、涙が出たと話した。

私は震災前から何度か街を訪れていた。彼の語りを聞きながら、全部が消えてしまったのだとあらためて思った。津波が去ったあとの街並みにはがれきが高く積み上げられていた。その山の上に、公園に設置され、街のみなさんから親しまれていた蒸気機関車が横たわっていた。八年の歳月がたとうとしている今、全てがなくなり、見渡す限り整地されている。

旅から戻っても伊藤さんの声の記憶がずっと残っている。先生と子どもたちは一心に坂を駆けのぼったのだろう。どんな気持ちだったのか。鳥居の前で波が止まった。そこに何を見つめたのか。ありのままに語り継いでいくという彼の情熱。それは今日も静かに、そして若々しく燃えているだろう。福島に戻った私も、その火を胸に置いている。季節がめぐってまた春がやってくる。

二〇一九年　三月

◎風に吹かれながら

東日本大震災が起きた三月十一日には、仲間たちと共に慰霊祭を行っている。開催場所は福島市の安洞院。門をくぐってすぐの広場に、津波で亡くなられた方を偲んだ大きな慰霊塔がある。そこでまず法要が行われる。今年は趣旨に賛同した虚無僧が全国から集まり、尺八の演奏行列が寺の敷地の参道などで行われて、たくさんの人でにぎわった。小雨まじり。

その後、夕方から夜にかけて本堂にて手紙の奉納がある。「祈りの手紙」と題して、震災に限られたことばかりではなく、テーマを幅広く募集。約百七十通の応募があった。特に本年は、地元の中学生が熱心に書いて送ってくれたのが印象的であった。地震当時はまだ四歳から五歳ごろであったのだが、鮮明に記憶をして言葉にしており、迫ってくるものがあった。

例えば地震のさなか恐ろしくて、兄弟で茶の間で泣きじゃくっていると、祖父が抱きかかえて庭まで連れて行ってくれた。力強く抱えながら「大丈夫だよ」とささやいた。その一言に救われたという記憶。あるいは近所の桜の木が一輪だけ早く咲いていたのを見つけた。しかし残念ながら、地震により折れてしまった。その木は命の終わりを予見して精いっぱいに一つでも咲かせようとしていたに違いない、と思い続けてきた日々。

この手紙も印象深い。震災後も小学校に通い続けたが、ついに児童は自分だけになってしまった。それでも先生たちや校庭の風景とずっと親しんできた。友だちと勉強したり遊んだりすることのできない寂しさはあったけれど、校庭にある大きな木のたたずまいが好きだった、と。見えない対話をしていたことが伝わってきた。その大木の姿を文中で「神秘的」と表現していて、はっとさせられた。手紙の最後には「ありがとう」というかわいらしい字がある。

大人たちの丹念な手紙にも心を動かされた。当日の限られた時間で紹介するのだが、それぞれの手紙に思いが込められているため選定は大変だった。選ばれたいという思いではなく、書いたものを仏前に奉納したいという。その一心であることも分かった。

当日は女優の紺野美沙子さんが丁寧に読んでくださり、本堂を埋め尽くす聴衆のみなさんのため息や涙を誘った。

後には尺八の合同演奏が再び披露された。音色と息づかいが心にしみた。小雨がやんだ。福島の空が八年の歳月を深く静かに呼吸していると思った。

耳を傾けていると、光の降る草原の中を、風に吹かれながら皆で歩いている気がした。手を合わせた。

二〇一九年 四月

◎今を支えてくれる記憶

JR常磐線に乗った。二十数年ぶりである。福島県外の岩沼駅を経由して県内の原ノ町駅へと向かう。

かつて南相馬に暮らしていたころは乗る機会が多かった。部活動の大会へと出かけて惜敗し、みなで泣きながらこの線で帰ってきたこともあった。窓に映る景色を眺めて懐かしさに浸ろうとしたが、津波による被害で風景は一変していた。整えられた更地が続くほどに、黒い巨大な波の到来と被害を想像し胸が痛くなった。

　沿線の桜の満開。空はとても澄んでいて、桃色に染まるかのようだ。白い雲がたくさんの方々を悼むようにして追いかけてくる。線路の鉄の軋りの音と共に記憶がめぐる。新地駅だ。

　まざまざと思い浮かぶ。ここは八年前のあの日に波の直撃を受けた。車を止めて辺りを歩いた。残された柱などにレールが巻き付いていた。電車が横倒れになっていて、驚くほどのがれきが周りに積みあがっていた。ぼうぜんとして見つめた春を。

　その年の秋には東京電力福島第一原発から二十キロ圏内の区域へ、防護服を着て入らせていただいた。無人の町には独特の不在の生々しさが感じられた。小高駅を目指して歩いた。たどり着くと二度と電車が来ることはないかもしれないという印象で、線路には丈高い草が繁茂していた……。木が揺れた。歳月が経った。今、鉄路は整備されて浪江駅まで開通している。

　風景を静かに滑っていきながら、八年経ったけれども、さまざまな線に分かれたままに、平行に何かが進んでいるだけなのかもしれないと心がつぶやいた。線路際の鮮やかな花の色彩を眺めているうちに、先日、作詞を担当して新しい校歌を手渡すことのできた「なみえ創成小・中学校」のかわいらしい子どもたちの顔が浮かぶ。

　三月の歌の披露式にうかがった折に、全校生は七人だったのだけれど、春に新入生が増える予定だと知った。どんなふうに入学式を迎えたのだろう。張り切って元気に歌ってくれただろうか。気持ちがやわらかくなった。

原ノ町駅に到着。風景も陸橋の姿も懐かしい。そうだ。ホームの一角に名物の立ち食いそば屋があった。一日の終わりに友人と酒を酌み交わしたあと、わざわざ入場料を支払って食べに来たっけ。校内の天井や改札口の感じを体は覚えていた。

地区大会などで勝利した時は意気揚々とここを生徒たちと通り抜けたものだった。小さな記憶が今を生きる私たちを支えている。

二〇一九年 五月

◎静かな雨の降る日に

母校の先輩に伝説のパンク・ロッカーがいた。この春に急逝なされた遠藤ミチロウさんである。

パンクロックを日本の音楽シーンにもたらしたカリスマミュージシャン。過激な歌詞やパフォーマンスが話題となり、時代の寵児へ。私は高校時代に友人からその名を聞いていた。ライブなどで盛り上がってくると楽器などいろんなものを壊したり、豚の臓物やニワトリを客席へと投げつけたりというすごいウワサも、別の友人から教えてもらった。

やはり先輩であるミュージシャンの大友良英さんからの誘いで、震災の年の夏に音楽フェスティバルを開催する運びになった折に、一緒に企画の代表を務めるミチロウさんに初めてお会いする機会を得た。「伝説」の二文字が頭の中にあったので緊張したことを覚えている。

目の前に現れた彼は、写真や映像などに映っている破天荒で尖った印象とは全く異なり、髪形と服装を含めて、端正なたたずまいで、後輩の私に礼儀を尽くしてくださる穏やかな面持ちの方であった。緊張してしまって初対面なのに「内臓とか鳥とかライブ中に投げましたか」と思わず尋ねると、「鳥は投げてませんよ」とにこりと笑ってくれたことを覚えている。

夏に開催された音楽フェスはのべ一万三千人の集客があった。ライブ会場であった野球場にて「福島は終わんねえぞ」と大声で叫び、たくさんのお客さんを前にステージから飛び降りて、上半身裸のままグラウンドを走り回って拍手を浴びる姿を目に焼き付けた。

ミチロウさんは震災前まで福島とは縁遠かったようだった。実家に戻るひまもなく音楽の仕事に明け暮れていた日々を送った。しかし震災後は頭から離れず、こんなにも故郷を思っていたのだと気付かされたと教えてくれた。その思いがこのライブに宿って一気に燃え上がったのだろう。

終わってからの打ち上げで「疲れた」を連発なさっていたことを今になって思い出す。その後も疲労が抜けなくて困っているという話を何回か直接うかがった。やり遂げたあとに、少しずつ体調を崩されていったのかもしれない。

静かな雨が降る昨年秋の終わりのころである。夜遅くに福島駅の連絡通路で偶然にもお会いした。しばらく親しくお話をして、二人並んで写真を撮った。「じゃあまた」とにこやかに手を振って、雨のそぼ降るホームへと下りていった。もう一度追いかけていって、あと少しだけでも話を乞えばよかった。人生のこと、音楽のこと、福島のことを。

二〇一九年 六月

◎夜の底の記憶

五百人ほどの収容人数のホール、ギャラリーなどがある「福島テルサ」という、町の人々に親しまれている文化施設が福島市にある。六階建て。今年で開館二十五年になる。

私は福島県内の高校で演劇部の顧問をしている。春には発表会、秋にはコンクールがあり、生徒たちと芝居を作ってここで上演している。また仲間たちと毎年のようにコンサートやトークショーを企画し、これまでさまざまなイベントを開催してきた。長い年月の間に、親しみと思い入れを抱くようになった。

館長さんや技師さんとも古いお付き合いとなっている。いつも仲間意識を持って声をかけてくださる。自分にとってのホームグラウンドと勝手に思っていて、足を踏み入れると懐かしい友だちと会っているかのように安心できる空気がある。福島の町のみなさんも同じ思いだろう。ふと自慢してみたくなる場所である。


東日本大震災の翌日、つまり二〇一一年三月十二日にも実はイベントをやる予定だった。数カ月前から準備をしていて、東京からも作家のねじめ正一さんなど数人をお招きする予定だった。チケットは完売。準備万端。そんな中で地震に見舞われてしまった。私は家族の無事を確認したあとで、ここへと直行した。「イベントは中止すべきだ」と夕方に集まることのできた関係者で決めた。この時だった。事務室のテレビで黒い津波が港町に押し寄せる映像を初めて見て驚愕した。

翌日、地元の新聞の震災に関する記事の間に、小さいながらも中止の知らせを載せていただいた。しかし足を運ぶ方が幾人もいらっしゃった。私は近くの公民館に家族と避難していたが、来られた方があると聞き、着替えもできず前の日の服装のまま駆けつけた。

ホールの入り口に待機して、十数人の方に丁寧に中止の旨を述べた。みな半信半疑ではあったが、もしもという思いで足を運んでみたとのことだった。夕方には、公民館にいた妻も息子もやってきた。そのままその晩からホールに泊めてもらうことになった。

舞台袖から通路へと抜ける扉がある。その前に家族三人で寝ることにした。本当は、イベントを無事に終えて、お客さんにあいさつをしに悠々とここを駆け抜けていく予定だった。静かに横になった。余震はいよいよ激しい。町の人々と漂流しているような気持ちになりながら、目を閉じた……。

八年が経ったが、この通路を歩くたびに床に寝そべり見つめた天井や壁を確かめる癖がある。あの夜の底の記憶が鮮明に浮かぶ瞬間がある。

二〇一九年 七月

◎海の日に

福島県いわき市平（たいら）の豊間（とよま）地区は津波の被害の大きかった場所である。七月の中ごろ、三連休の真ん中の一日。明日は「海の日」だがあいにくの雨が降り続いていた。

車で片道三時間の道のり。明るい雲間の光を探しながらたどり着いた。開催できるか心配しながら震災後に造られた小高い丘にある新しい公園を目指して行ってみると、大きな屋根のある広場があった。ここで行われるらしい。地区の避難場所にもなっている。全体的に新しい印象がある。

「千度大祓（せんどおおはらい）」。宮司などの神職、それを学ぶ学生の方々など約百人が、一斉に「大祓」の詞（ことば）を唱えるという祭儀である。国難とも呼べるような大きな厄災があった際に鎮魂・慰霊をするために太古から行われてきたもので、震災の年から始められて今年で九回目を迎えることとなった。妻と一緒にうかがってみることにした。受付でパンフレットをいただいた。唱える言葉が載っていた。参列者もご一緒にとのお誘いであった。

少し早くに着いたので、会場から海をじっくりと眺めた。相変わらずの雨雲が重たく頭上にあった。目の前に太平洋が広がり、平らな土地があり、ぽつりぽつりぽつりと新しい家が見えた。想像しながら見渡した。大変な波だったのだろう。手を合わせた。私の後方にも新しい土地は続いている。立っているここまで津波が駆け上がってきたのだろう。これから一時間近く、百人の声で祈りを込めて「大祓詞」が唱えられていく。「晴れるかもしれない」と妻がつぶやいた。

「大祓詞（おおはらえのことば）」には日本の国の起源が、大和言葉で書かれている。それを十回、繰り返し唱えていく。人々は頭を低くして立ち、声を発し続ける。「あたかも、風が八重の雲を吹き払うように、また朝夕に立ち込める霧を風が吹き払うように……」。鍛えられた大勢の声に包まれながら、生者が死者への祈りの気持ちを言葉に込めるとはこういうことなのだと教えられた気がした。

夕方の帰り道。雨があがった。味わったことのない気持ちで空を眺めた。祈りにはさまざまなかたちがあることを知った。

帰宅して行き帰りの疲れですぐに眠ってしまった。うっすらと目覚めた。夜明けにはっきりと瞼（まぶた）に浮かんできた。白い装束を着た方々が光を放つようにして整然と並んでいる。祈りをささげているその姿を。

死者一万五千八百九十七人、行方不明者二千五百三十三人。歳月と、季節の海と向かい合っている、百人の列を。

二〇一九年 八月

◎魂を奮わすアートの旅

オーストラリアのタスマニアから、舞踏家のジャン・ベーカーフィンチさんとパーカッショニストのジョイス・トーさんが福島県に来てくださった。私の詩の言葉を耳にして即興で踊りや演奏をするという、いわゆるコラボレーション・パフォーマンスを試みることとなった。

まず十日間ほど県内各地をめぐり、取材をしたり、地元の風景の中で踊りや演奏や朗読をしたりする。夏のこれらの旅は「アートジャーニー」といつしか名づけられた。宿泊も飯舘村や南相馬市の民家などを渡り歩いた。

ジャンさんもジョイスさんもその場で作り上げていく主義。詩から受けたインスピレーションを、体の動きや音で表現していく。少しずつ戻ってきてはいるもののまだ人気の少ない集落のひまわり畑や鍛冶工房、砕石場などに入っていき、風と葉のささやきや鉄を打ったり石を切ったりする音を新鮮に体感しながら、踊りや演奏を日々繰り広げた。津波で多くの方が亡くなった南相馬の山田神社では、祈りの詩と共に、奉納する気持ちで行われた。

主に屋外のパフォーマンスであったのだが、しだいに二人のゆるぎない呼吸がはっきりと聞こえてくるようになった。特にはっとさせられたのは、日増しに二人のそれぞれの表情が確信に満ちてきたことだ。「震災を経験していない他国の私たちが……」というためらいが福島に来る前にはあったとうかがったけれども、それを感じさせない心の奥行き、深さと広さのようなものが二人の表現の随所から伝わってきた。

福島の風土と人々に触れて、流れている今の時間を肌で感じたからであるだろう。敷居が高いように感じられて客足が心配であったが、どの場所も熱心に足を運んでくださる方々がいた。アートというものはそれを受けとめてくれる存在があって初めて成立するものだということをあらためて感じた。今までにない何かを福島でしてみようという挑戦と冒険心とを応援してくださる方は必ずいるのだ。心配だったからこそ胸が熱くなった。

高い防潮堤の上でもパフォーマンスは行われた。ジョイスさんが最後に皆にスピーチしてくれた。「どんなに高い堤防を造ったとしても、本当に私たちを守ってくれるのは、人と人との結びつきだ」。涙をこぼしながら語ってくれた姿が印象的だった。わずかな滞在ではあったが、長い歳月を過ごしたかのようで最終日は名残惜しかった。別れ際にこう言われた。次は和合さんがタスマニアに来てほしい。あなたの魂が新しく震えるから。

二〇一九年 九月

◎生きようとしていた人々

アメリカのシアトル大学で教鞭をとられている嘉住直実先生は、生まれも育ちも関西。もともとはクロスカントリー・スキーの実業団の選手であった。引退してから、アートの勉強をするため留学をした。

いわばスポーツからアートへの転身。初対面でもその思い切りの良さが伝わってくる明るい女性だ。学生さんと一緒に制作活動をするために福島へとやってきた。先生は毎年のように来ているとのことであった。

二〇一一年、インドで制作活動をしている時に敗血症を患ってしまう。東日本大震災が起きた数日後のこと。重症で集中治療室へと入るほどであった。助かる見込みが薄いと告げられ、死を覚悟したのだという。ベッドの上で黒い津波の映像や、行方不明者に関する報道、懸命に捜索する人々、避難していく人々の姿を眺めた。強い感情が湧きあがった。

数多くの方が波に連れ去られて、命を奪われていったのに、自分だけが助かっていいのだろうか、と。やがてすっかり快復し、インドでの活動を終えたあとに、福島を訪れることにした。見るからに関西人である元気いっぱいの彼女が、この地に深い縁を感じている理由が分かった。土地との絆とはそれぞれの人生の物語の中で強く結ばれていくものである。震災からの歳月が、チャキチャキの関西弁の向こう側によく見えた気がした。

祈りを込めるようにしてアート作品の制作をしたいという思いを叶えたい。やがてあるお寺のお堂の一角を借りて試みることになった。白いフィルムを切り取ってたくさんの手を作り、中心点から放射線状にずっと広げていくという印象的なインスタレーション。懸命に作っている間に、波に連れ去られた人々のそれぞれの人生を、あれこれとずっと考え続けていたそうである。

手を形にしていると、時折に「助けて」と声が聞こえてくる気がした。それは自分がからくもあの時に助かったからに違いない。新しく与えられた命をどうすればいいのか。自分自身の運命のようなものと向き合い続けることになった、と語った。

私も友人や知人を津波で亡くしている。詩の言葉をつづっているうちに、似た気持ちになる。触れていたのは同じ時代を生きようとしていた人々の手の影だったのではあるまいか。静かに二人で話し続けた。

二〇一九年 十月

◎生と死の現場で

これまでにない規模の台風が来るらしい。万が一に備えて二階に荷物を移した。福島県は夜更けからピークを迎えるとのことで見張るようにして起きていた。

雨は騒がしく大きな音をたてて降っている。家の周りの側溝の水が激流となりあふれ出しそうである。まずはあそこから庭やガレージへと水がやってくるに違いない。それを心配して上から見ていたが、何とか持ちこたえていた。テレビやラジオの情報を聞きながら、未明に少しだけ仮眠をとった。

台風一過。勤務している本宮市の様子がツイッターなどにあがっていた。川が氾濫した、と。日ごろから親しんでいる駅前や町並みが水に閉じ込められている写真。大きい店舗のスーパーは屋根しか見えない。二階にあがったまま孤立してしまい、ゴムボートで救出される人々の姿もあった。ぼうぜんとしてその画像を眺めていると母から電話がかかってきた。川俣町にある実家が床上浸水となり、今はまだ立ち入れない、と。

水が引けるのを待ってまずは本宮にてボランティア活動に参加をすることになった。一階の天井まで水のあがったお宅にうかがった。立ち込める独特の臭いを感じながらひとまず庭へと家財を運ぶ。泥水をかき出していく。近くの総合病院で医師として働いている高校時代の同級生が、救急医療チームの一員として現場を通りかかった。あいさつを交わした。現在、発見された遺体が次々に病院へと運ばれてきていると語った。

長靴のまま家の奥へと入る。水を吸った畳や布団はかなり重たい。一人ではびくともしない。共に作業している家の方々の心の傷はどれほど深いことだろう。日々の暮らしが一瞬にして奪われてしまう無念さと悲しみが、この重たさに宿っている気がして仕方がない。その次にうかがった家では、作業中に愛玩していた猫の息絶えた姿が発見された。その場にしばらく泣き崩れた女性のやりきれない背中があった。

生と死の現場。東日本大震災の日々がフラッシュバックしてきて胸が苦しくなる。十年のうちに二度も経験することになろうとは。歳月の短さに今の日本の災害大国となりつつある現実を思わずにはいられない。

手を休めて、独り言のように家の方がつぶやく。「まだまだ片付かない」。庭の荷物を集積所に運ぶにも道は大渋滞。「町中の軽トラックの全てが集まっている」。タンスの引き出しを引くと水があふれ出した。水が生々しく立ちはだかった気がした。

二〇一九年十一月

◎パパ　あのね

毎年、東北の子どもたちの詩を読み、賞を選ばせていただいている。あれこれと感情移入してしまう。善しあしを選定することについて、とても難しさを感じてしまう。

選考委員が五人集まり、真剣に話し合っていく。かれこれ十数年も続けてきた。一人では気づかない魅力を発見することが、とても大切だと詩を書く者として感じている。子どもの言葉には純粋な芯があるのだ。それが大人の心を揺すぶるのだと実感してきた。

「パパ　あのね／つなみのときは／ママと／ママのおなかのなかのわたしを／まもってくれてありがとう」という出だしで始まる作品が今年の最優秀賞に選ばれた。震災の年に生まれた子どもから父への大切な手紙のように書かれた詩である。

作者は小学一年生。「パパがてんごくにいったあと／七月十二日に／わたしが生まれたよ」。東日本大震災から歳月が過ぎて、その年に生まれた子どもたちが学校に通い始めている現実を、強く意識させてくれた。

元気な女の子の様子を思い浮かべる。時にはオテンバが過ぎることもあるのだろう。「パパのしゃしんのまえにきて／『ママにしかられたあ。』／とはなすと／パパのこえがきこえてきそうだよ」。一度も会ったことのない父親の声を想像している。どんな表情と言葉が心に届いているのだろうか。

あれこれと恋しい思いをめぐらせるようにして歳月を生きようとしている小さな姿に、心をとても動かされた。そしてはっとさせられた。実際に経験したということばかりではなく、新しく生まれてきた命もまた震災のあとの時間のただなかを生きているのだ、と。

「パパ　いま／どこのお空にいるの／おうちの上のくもの上かな／あいたいよ　パパ」。切実な気持ちが空の上の雲の姿に映し出されている。それは被災した東北の地に生きるからこその頭上の光景であり、日本のどこにでも広がっている静かな青空なのである。ああ、安達太良山は早くも雪の帽子をかぶっている。

　新しい人々に何を伝えるべきなのか。子どもたちの書いた詩にヒントがあるような気がして、ずっと追いかけている。大人の詩で泣いたことは実は一度もないのだが、子どもの書いたものに涙がにじんでしまうことがよくある。簡潔で無垢な言葉の背中に大きな心の世界が湛(たた)えられている。詩とは何かを教えられているのだ。

「パパ　あのね／わたしは　もう／一年生になったから／しんぱいしないでね／お空の上で／ずっと生きていてね」

二〇一九年 十二月

◎記憶と命をめぐらせて

　よく海沿いへと出かける。福島県内だけではなく時折は宮城県や岩手県へも。歳月の中でどんなふうにたたずまいが変わってきているのか、自分なりに取材を続けている。

　各地で大きな堤防ができあがっているのを、本当によく見かけるようになった。風景が変わっているので、車を走らせながら道を間違ってしまったかと思うこともよくある。たたずまいを見つめながら「前はなかったのに」と独り言が漏れてしまう。新しい海辺や町を通り抜けていく。

　昨年の今ごろ、天気のよい日だった。友人に案内された。高台へと上がり、できあがったばかりの防潮堤と更地とを眺めた。ここまで整えていく人間の力はすごいと感じた。隣で彼が「誰もまだ住んでいないのに、先に大きなものができてしまった」とポツリ。目の前の静かな沈黙。潮風を感じながら、その先の言葉を何だか二人とも続けていくことができなかった。

　今年も「ふくしまを十七字で奏でよう」とい

うコンクールの審査員を務めた。俳句というと敷居が高いので「十七字」という言い方（より正確に言えば「十七音」だが）で募集している。一人ではなく、家族や友人と言葉を贈り合う形で二人一組となって応募するのも特徴的だ。心のやりとりの温度が伝わってくる。

小学三年生の男の子が作った。〈ぼうはていどんどんだんだん　でかくなる〉。父がこんなふうに返した。〈海見えず　少しさみしい　波の音〉。

自分たちを守るために造られていることはよく分かっている。けれども大きくなっていく堤防の姿に子は驚き、父は幼いころからの故郷の風景を思い出して懐かしむ。たたずむ二人の間を日々の波影がすり抜けていく。

知っている海をこうしてめぐってみると、確かに、そのたたずまいの新しさと大きさに感じ入ってしまうが、もう一方で「さみしい」という感覚も湧いている。

こんな「十七字」のやりとりも思い出した。〈ブーブーブー　ドキドキするよ　スマホ音〉と幼稚園年少の男の子が渡した。お母さんはこう返球した。〈震災と　生命を伝える　八年間〉。

穏やかな日々を過ごしながら、あの独特のスマートフォンの振動する音がすれば、みな目覚めたように反応する。心と言葉のキャッチボールをしている互いの姿が見えた。

静かな波と風に記憶と命とをめぐらせるようにして暮らしていきたい。新しい年になっても。

二〇二〇年 一月

◎守ることを仕事に

冬の宮城県石巻市へと出かけた。東日本大震災前は家族旅行で何度か出かけたことがあった。

好きな場所だった。

震災後にテレビで津波の光景を見ていた。北上川の河口から逆流して押し寄せてくる黒い水の姿があった。その後も石巻の知人から話を聞いたり、テレビのニュースや新聞の記事に触れたりして、再生する町の様子を自分なりに追いかけたいと思ってきた。

駅に着くと壁などに描かれた、石ノ森章太郎のマンガに登場するキャラクターのイラストが、出迎えてくれた。まず地元でずっと愛されているパン屋さんを訪ねた。震災後にすぐにパンを作り、避難所で配り続けたお店である。店舗も自宅も波に襲われてしまったのに、近くの工場に場所を借りて昼夜となく動き回りパンを焼いた。今振り返ってみても、どうしてあんなに働くことができたのか、無我夢中だったと店頭で話してくれた。

彼女は町で有名なパン職人。元気な話しぶりに励まされる。昔ながらの味を娘さんと二人で切り盛りしながら守り続けている。「伝統があるというのは良いことだ、強いことだと思いました」と若い名人は語った。「それを守ることを仕事にできるから」と。

津波で母を亡くした女性としばらく話をした。実家が襲われてそのままさらわれてしまったという。聞きながら、あの日画面で眺めていた、牙（きば）を剝くようにして迫ってくる黒くて恐ろしい波を思い出さずにはいられなかった。ただ、かろうじて父は助かった。目の前に黒ではなく青い色が広がり、それに沿って泳ぎ、陸地にたどり着いたそうである。あのさなかに命を導いてくれた水もあったことを教えてくれた。

彼女は力を込めてこのように語った。最近はいろいろなところで「震災を忘れないために」

という言葉を見かけるが、それは忘れてしまえる人のためのフレーズだと思う。絶対に忘れられるわけがない。今、新しい町づくりの仕事に前を向いて励んでいる。

人気の「石巻こけし」を作っている作業場も見学しに行った。絵付けを試しにどうでしょうかと勧められた。何体かをやってみることにした。失敗しても「味があります」と褒めてくださった。

石巻こけしは震災後、ひとりの作家によって生み出された。人形の胴体にいくつか青い線を引いて、小さな魚のマークのようなものを紅色で丁寧に記していく工程がある。まねをして一心に描いているうちに、波間を泳ぐ魚たちや石巻の人々の姿が浮かんできた。うまく描けないが、命の群れがしっかりと泳いでいるのが分かった。

二〇二〇年 二月

◎見なかった人たちへ

福島県南相馬市に暮らす高橋美加子さんに会いに出かけた。商工会などの大事な仕事をこなしてきたパワフルウーマンだが、私にとっては二十代のころにお世話になった、みなに愛される町のクリーニング屋さんだ。洗濯物を出しに行き、いろいろな話をした若い日々が思い出される。妻と共に自宅へと招いてくださり、手料理をごちそうになったこともあった。

東日本大震災後に最初に会いに出かけたのも高橋さんだった。しばらく避難していた場所から南相馬へと誰よりも早くに戻った折のこと。ほとんどの人々が避難をしてしまって、家の灯りがほとんどないような暗闇の町で暮らしていた高橋さんは、幼いころから住み慣れた町があっという間に全く違う表情になってしまったことの恐ろしさを語ってくれた。原発の被害がさらに大きくなっても、最後の一人になっても、この町に住みたいという覚悟を教えてくれた。

あれから時が経った。人の姿がある穏やかな通りを抜けてお宅へ。まずはおいしいコーヒーや煮物などをごちそうになった。近況報告をしながら、昨年の秋の台風で洪水に見舞われた家々の撤去や片付け作業などのボランティアに参加したことを伝えた。

あの時、水の被害を受けた直後の家屋に入ると、想像を絶する光景だった。泥水を含んだ畳や布団が岩のように重たかった。水とガラスの破片の中に家族写真が泥だらけになって沈んでいた。愛玩していたペットの亡きがらを発見して涙する人々もいた。

あらためて考えが変わったと伝えると、高橋さんは、目の前で壊れてしまったものをじかに見た、見なかったの差は大きいと思うと話した。社会という大きな単位でも、家や車という個人の世界でも、浜通りに住む人々は震災以降ずっと、そうした破壊をじかに見つめてきたことになる。そして「見なかった」人々のほうがむしろ、見えないものへの不安や恐怖心にさいなまれることがあると思うし、知らないうちに心が傷ついているのかもしれない。

私たちの胸の中にはそれぞれに小さな子どもがいる。いわゆる「インナーチャイルド」と向き合いながら、震災後に生まれた、あるいは、これから生まれてくる「見なかった」子どもたちに何を伝えたらいいのか。外と内とに向けられたまなざしは慈愛に満ちていて、その先に小さな優しい影がふと見えてきた気がした。

静かな波間のように声は穏やかで絶え間がな

い。「見た」若者たちが今、町でどう頑張っているのかという話になっていった。

二〇二〇年 三月

◎灰色の現在を超えて

いつも混み合う朝の駅ホームだが、ここのところ人影はずっとまばらである。新型コロナウイルス感染拡大を防ぐため学校が休校となり、それ以来、生徒たちの姿が見えなくなった。早朝の福島駅はとても静かだ。並ばなくても車両の座席に座ることができる。マスクをしている乗客たちと共にため息をつきながら椅子に腰を下ろすことにする。三月十一日。

天変地異の一日の空や風の感じが、体に深く刻まれていてさまざまな場面を生々しく思い起こしてしまう。

マスクをして人混みを避けたり、手のみならず手首まで洗ったり、休みの日に不要不急の外出を控えたりしていると、東日本大震災直後の日々がまだ続いているかのようだ。放射能という目に見えない生き物のような影の中で暮らした緊張感がまざまざとよみがえってくる。またしても不可視な何かに襲われている日々である。ずれたマスクを直してみる。

二月の中ごろからイベント開催の是非が検討され、月末には中止と決まった。講演会や作詞した合唱曲のコンサート、講座など次々と主催者から取りやめにするとの連絡が入った。あれこれと準備していたので虚脱状態になっていた折に、毎年三月十一日に仲間たちと行っているメモリアルイベントはどうするのかという話に。女優の紺野美沙子さんらを招く予定であり、すでに予約は満席であった。

「祈りの手紙」と題して、震災で亡くなった方や行方不明者、近年に他界された大切な人などへ宛てた手紙を募集。紺野さんに朗読してもらうという取り組みをずっと続けている。加えて尺八や琵琶の演奏、祈りの舞いも披露され、私が書いた詩を朗読して手紙と共に仏前へと奉納、全員で合掌する時間を大切にしてきた。

この会を三十三回忌にあたる年まで続けていくことを会場の安洞院（福島市）の住職をはじめ、みなで誓い合っている。止めるわけにはいかない。無観客の境内にて行うことにした。夕方にインターネットにて配信することに決めた。

コロナさえ……。

発車。ぼんやりと車窓を眺めた。雲の彼方に光の橋が見えた。はっとした。虹だ。

寄せられた手紙の一つが浮かぶ。震災からずっと何もかも灰色に見えてしまうような心持ちで暮らしてきた。数年後の春。ふと出合った手作りのひな人形に感動して「私の目と、心に色が戻り、生きる力をもらった」と。

グレーの現在が一瞬だけ車窓から消えた。顔半分が隠れている周りの人々に、マスクをさっと外して大声で伝えたい。あの七色を。

二〇二〇年　四月

◎ふらここの揺らぎの中へ

今、新型コロナウイルスにまつわる不安や心配に世界が包み込まれている。インタビュー取材を電話にて受けることが多くなってきた。震災の折に、特に原発の爆発のあとに、家の中で閉じこもっていた時にどのような気持ちで過ごしていたのかについて話してほしい、と。再び訪れた国難に対して、あらためて何を語れば良いのか、言葉にすることの難しさを覚えている。たぐりよせるようにして震災の歳月を思いめぐらせる日々を過ごしている。

　みうらひろこさんの新しい詩集『ふらここの涙』（コールサック社）を開く。震災の年のちょうど今ごろになる。学生時代から通っている近所のカレー屋さんへと出かけた折に、久しぶりにみうらさんとお会いしたのであった。ご主人もいらっしゃった。浪江町から福島市へ避難をしてきているのだと教えてくれた。このお店の名物マスターは実の弟であり、しばらく身を寄せさせていただいている、と。思いがけない再会に、そして行きつけの店とのつながりに驚いた。

「ふらここ」とは「ブランコ」である。爆発直後の十二日に町内の津島地区へと人々は一万人ほど避難をしている。その退避場所の一つであった保育園の校庭の遊具の姿が擬人化されて描かれている。十五日の早朝には一斉に別の場所へと全員が移っていくのであった。その後人影はすっかりとなくなってしまう。あたりは発電所の風下にあたっており、放射性物質による線量の数値のとても高い場所だったのだ。現在も帰還困難区域である。

　人恋しい……とブランコがささやいているという印象的な詩である。誰も乗らずに前や後ろに行ったり来たりするかのような寂しさが描かれている。今の私たちのそれぞれの孤独の深まりと重なって見えてくる。さらに読み進めてはっとした。娘さんを震災の少し前にサーフィンの事故で亡くされていたのだ。思いめぐらせる詩がいくつか収められている。そしてその後に震災……。大変でしたね、つらかったですねとつぶやきたくなった。

　ご主人と共に娘さんのご長男を大事に育てている歳月が伝わってくる。

「母親を呑みこんだ海にむかって／少年は砂浜で拾った小石を／投げつけた」という出だしの「ストライク」という詩に励まされる。お孫さんはやがて野球に夢中になった。

「キャッチャーのサインに肯（うなず）いた／こいつが勝負球だ／見てろよ母さん／俺は泣いたりしてない／少年の渾身をこめた左の腕（かいな）」

　渾身。良い言葉。生きる力をこんなふうに真っすぐに今、私も誰かに投げてみたい。

二〇二〇年　五月

◎ステイホームとあの時の春

　東日本大震災の年の春。放射線量が一時的に高くなり、家の外に出られないような日々を過ごしていた。新型コロナウイルスの脅威にさらされる今春に当時の記憶がよみがえってくる。福島は緊急事態宣言が解除されたが、油断はできないと思われる。

　十年もたたないうちに外出をなるべく避ける毎日を再び送るとは思わなかった。マスクを着用、帰宅時には手洗い、うがい、シャワーなどで全身を洗い流すなどという呼びかけも同じだ。私の住む地域では震災時には水が出なかった。朝早くから二時間ほど並んで、近くの公民館にてペットボトル二本までという制限で水の配給を受けていたことを思い起こす。洗うのが難しいという心配がないのは有り難い。こまめに手を動かす。

　ゴールデンウイークなども外に出ず家で過ごすことが積極的に勧められ、「ステイホーム」などのキーワードが飛び交った。言葉には生活様式を変える力があるとあらためて感じた。「コロナ禍」や「ウィズコロナ」というワードも頻繁に登場。前回は被災地とその他の世界の二つに分かれ、多くの支援をいただいた。今回はあらゆる場所が前線になってしまったのだと、これらの新しい言葉の響きの中に感じた。

アメリカやヨーロッパ、アジアに暮らす知人からメールが届く。そのたびに、はるかなる国の街で都市封鎖や医療崩壊、死者増大が起きていると実感した。滞在したことのある街並みを思い浮かべた。

震災後、部屋に閉じこもり何をしていたかを振り返ると、ひらすら言葉にしがみついていた。本を開きノートやパソコンに詩を書き込んだ。今思えばつらい現実からの逃避行動にどこか似ていたが、このことにより余震や放射能の不安にさいなまれつつも、自分の気持ちを保つことができていた気がする。今回も机に向かった。しかし気が滅入ってくる。

少しでも散歩をしようと心がけた。人気のない道を選んでいるが散歩者と時折にすれ違う。お互いに気まずい感じがある。

吾妻連峰を眺めながら西へと歩く。あちらこちらの田んぼに水が張られている。遠くにマスクをしながら田植え作業をしている姿がある。空の光を受けて輝きながら風に揺れる水面。

あぜ道の間の流水のせせらぎ。聞き逃すまいと耳を澄ませようとする自分に気付く。あの時の春と同じように心が乾いているのだ。鳥のさえずり。正確に植えられている苗の群れがある。マスクの中でつぶやきたくなる。田園は生きている。

二〇二〇年 六月

◎震災を伝えるアナウンサー

大和田新さん。福島県でずっと親しまれているアナウンサーである。ラジオから流れる彼の声を聞いて学生時代を送った人は数多い。

東日本大震災の日の夜。余震にさいなまれながら私たち家族は車中で過ごした。入ったばかりのニュースとして、たくさんのご遺体が仙台市の若林区で発見されたことを、その人数と共に彼は読みあげた。マイクの前で涙を抑えられず、その後に号泣した。放送を聞いていた私たちは重大さを実感したのであった。

それからもずっと震災の現実を伝える旺盛な活動を続けてきた。ジャーナリスト、そして福島の人間としての思いがいつも伝わってくる。

久しぶりにお会いした。にこやかで気さくな話しぶりは健在。マスクをしていても滑舌の良さはさすがですねと笑い合った。新型コロナウイルス騒ぎの前はフェイスブックに、あれこれと取材などで立ち寄った食堂やレストランなどの美味しそうな料理の写真をアップしていた。

特に被災した浜通りのお店の紹介には力が入っている感じがあった。今回のコロナ禍で、なじみのお店のいくつかが閉店に追い込まれてしまっていることを残念そうに語り、もう少し落ち着いたら店の紹介をまた始めたい、と話した。とにかく応援しなくちゃ、と。

一昨年には地震直後の北海道胆振地方へ行き、現地の被害状況をリポートした。取材名目で崩れた家の前でインタビューを受けさせられ、写真を手当たり次第に撮られることの無念さを、生の声として現地で聞いた。その話で、はっと思い返したという。

津波で家の大半や家族を失った方にマイクを向けざるを得なくて、怪訝な態度を取られたことがかつてあった、と。さまざまなジャーナリストに、残された家屋の一部をむやみにカメラで撮られたという経験をやはりUさんもしていた。

大和田さんとUさんは、今は大切な仲間になっている。熱心に心を込めて接しようとする人柄が通じたのだろう。三月十一日はどんなに忙しくても必ず連絡をする。いつもこの答えが返って来るそうだ。「私にとっては毎日が三月十一日です」と。

福島県内の東日本大震災での被害は、現在直接死千六百五人、関連死二千三百五人、そして行方不明者百九十六人（二〇二〇年五月末日現在）。情報として伝える際、どんなふうに今の思いを深く込めることができるのか。それがマスコミの人間の使命だ、と。

マスクの向こうからの言葉をはっきりと耳にしながら、あの夜の数字を告げたあとの涙声を思い出していた。

二〇二〇年 七月

◎傷口はふさげなくとも

「津波だ」という声が聞こえた。沖を眺めると大きな黒い壁のような恐ろしい波が迫ってくるのが見えた。「逃げろ」という叫び声と共に、とにかく坂道を駆けあがろうとするが、足がもつれてうまく進めない。周りが激流にのまれていく。水の龍が押し寄せては牙を剥いて、目の前の世界を奪っていく。家や車や人がたやすく流されていく。さまざまな津波の体験者に話を聞いた通りの光景だ。

ぼうぜんとしているうちに目が覚めた。大粒の激しい雨が降っている。開放していた窓から水と土の強いにおいが立ち込めてきた。

九州豪雨のニュースを毎日のように眺めて心を傷めていたことに、夢は起因したのかもしれない。訪れたことのあるいくつもの場所が水による大変な被害を受けている。疲れ切った被災者の方々の表情が映し出されている。昨年の台風では勤務先の本宮（もとみや）市で河川が氾濫し、浸水の被害にやはり苦しめられたのだった。その光景と重なってしまう。

悪夢の恐怖感が生々しく残っている。波にさらわれた知人や教え子のことを思い出す。喪失感。悲しみ。無我夢中に暮らしてきた震災後の九年の日々だったが、振り返ると、心の傷のようなものがふさがらずにずっとあったのだろう。私のみならず皆にも、それぞれのかたちであるのだろう。それを分かち合うことが必要なのだとあらためて思う。しかし今は豪雨災害やコロナ禍の切迫した状況がある。確かめたり語り合ったりする静かな時間を持てるのはまだ先かもしれない。

弱気になっている自分を持て余しながら顔を洗う。冷たい水で気持ちを立て直す。少し前に、教師をしている大学の後輩の話したことが頭に浮かんだ。洪水で家や家族をなくした生徒たちを前に、国語の授業で「海」や「波」という言葉が登場するとどうしても避けたくなっていた。しかし最近、それらが記された詩をみなで群読する機会があり、やっと教師である自分が誰よりもまず口に出せるようになった、と。

洗面所へ。冷たい水で心を覚ます。タオルで力まかせに顔を拭いて、職場の学校へ。昼休みに生徒たちと言葉を交わした。

ある生徒は、大学の心理学科に進んで特に「心的外傷」について研究したいという目標を語ってくれた。まなざしが一瞬光った。これからますます必要になる学問だと思う。応援すると伝えた。

若い情熱に教えられた気がした。たとえ傷口はふさげなくても、みなと一緒に、ずっとそれと向き合い続けることならできるかもしれない、と。

二〇二〇年 八月

◎言葉はきっと力に

「ふくしまナラティブ・スコラ」という取り組みに参加した。福島県内の高校生二十二人が、情報や思いを伝えていく技法に触れたり、さまざまな経験を持つゲストと交流したりして、「自分の伝えたいこと」について学ぶセミナーである。

今回が第二回。全九回を予定。前回の倍近くの応募があったそうだ。「ナラティブ」は「表現技術」、「スコラ」は「思想の過程」などを意味する。最後には、それぞれのプレゼンテーションの機会がある。

短い時間ではあるが私も詩のワークショップをした。自分から手を挙げて集まってきただけあって、一人一人の情熱が伝わってくる。自由でしなやかな感性をそれぞれに持っているということが、机の周りで楽しく言葉のやりとりをしているうちに感じられた。

とても広い会場に三密を避けて座っている。福島県内から集まってきた知らない者同士。本来は肩を並べたり、膝を交えて語り合ったりして、親しくなっていくのが好ましいのだが、コロナ禍が終息しない状況ではやむを得ない。しかしすでに初回で通じ合っている印象がある。生き生きとした教室の雰囲気。いわば同じ列車に乗って前を向く仲間同士。投げかけるとそれぞれのリアクションが大きい。マスクをしていてもよく分かる。

東日本大震災の時、まだ小学校入学前だった生徒もいる。私も震災後、状況が少し落ち着いたあとに、いわき市のある幼稚園の先生と話したことがあった。

その方は教えてくださった。子どもたちなりにきちんと震災を受けとめている。避難した地域から戻ってきた園児たちを受け入れることから再開したのだが、幼稚園では元気に遊んで、親が迎えに来る時にはおとなしくしたり、気を使ったりしている。何度も涙が出そうになった、と。言葉をまだ持てないから伝えることはできないけれど、傷ついた大人たちを励まそうと思っていることが、小さな姿から見えた、と。

私はマスクの上に輝くそれぞれの目を見つめて話しながら、宮城県の小学二年の男の子が書いた「まほうのつなみ」という詩を思い出していた。津波の被害で志津川の町はたたずまいを失ってしまった。毎晩のように涙する祖母を励まそうと思って書いた。

「おばあちゃん／げんきをだしてね」「いつかきっと／いいつなみがやってきて／もとの町になるから／／まほうのつなみで／もとの志津川に／もどるから」。この感性を持った子どもたちが今、若々しい思考力と表現力とを確実に身につけ始めている。風に揺れる夏の木立ちを思った。

二〇二〇年　九月

◎心の根を伸ばして

美しく軽快で、歯切れの良い声に学生時代から親しんできた。ラジオのアナウンサーの菅原美智子さん。ずっと福島の人々とマイクを通して向き合ってきた。

印象は、近くで励ましてくれる優しいお姉さん。これまでもいろいろな番組やイベントでご一緒させていただいている。丹念に人物や出来事の下調べをなされていることに驚かされることが多い。それが共演する相手への一番の礼儀だと思っているとうかがったことがある。

先日、菅原さんの番組に出演した。インタビュー収録が終わったあと、今度は私のほうから菅原さんに、東日本大震災から九年半という歳月への思いをじっくりうかがった。先攻から後攻へという印象で、不思議な感じがした。

菅原さんは震災の直後、スタジオでニュースを読む準備をしていたという。空気を震わせるようにして、微かだが重厚な、どどどという鋭い音が聞こえた気がした。声の仕事で鍛えられてきた耳が異変を早くに察知。ほどなくして激震。

もともと秋田のご出身。災害に見舞われるという経験をせずに過ごしてきた。未曾有の事態。何を発信すべきなのか。ベテランでありながら一瞬にして言葉を失ってしまった自分に気づいた。スタッフも皆うろたえていたが、ともかくも事実の確認を第一にという気持ちで情報を伝えることに専念した。必死な声を渋滞する車の中で聞いていた記憶が私の脳裏に浮かんできた。無情にも、天変地異を知らせるみぞれが冷たく降っていた時だ。

その後は生活において必要な情報を、なるべく現場へと足を運んで集めて、冷静に伝えることに努めたそうである。有事の状況だからこそ落ち着いて、眼の前の何かを普段通りにリスナーと共有しようとしていた。見たもの、感じたものを自分の心と体を通して伝えることがマスコミの人間の役目。菅原さんはその生の感じを大事にして話し続けたいと思ってきた。事実の深いところに真実がある、と。

忙しい日々を送っていたある時、テレビドラマを眺めていると出演者らの話す会津弁が流れた。菅原さんは感動して、不意に涙があふれてきた。方言の懐の深さとありがたさ。福島に来て三十八年になるが、本当の福島人になっているのだと直感した。人には長い時間をかけてつむがれる物語がある。一生の仕事として追いかけなさいとこの時に教えられた気がした……、と。

澄んだ声と故郷を語る言葉の確かさ。真実へと伸びていこうとする心の根の音が、空気を震わせながら、静かに響いた気がした。

二〇二〇年 十月

◎距離も季節も超えて

年の初めに神戸の詩人のみなさんから、講演の依頼を受けた。震災九年から十年へと向かっていく本年の秋において の思いを語ってほしいとのことであった。

これまでに何度も神戸へと旅をして、阪神淡路大震災の経験について、知り合った人々からさまざまに教えられてきた。いつも心の中に、はるかなる町並みがある。互いの歳月を差し出すように、膝を交えて話し合うような気持ちで足を運ばせていただきたいと思い、その約束をした。

時間をかけて話の構想を練ることにしようと思っていた直後に、新型コロナウイルスの脅威にさらされるようになった。主催者の方々と何度か相談をしつつ好転を待ったが、状況は変わらない。中止はしたくないという気持ちがどちらにもあり、葛藤は続いた。初めての経験だが、リモート講演という形をとろうということに、夏の終わりにまとまった。生の現場しか今までにやったことがない。自信がなかったが、挑むしかあるまい。

当日は開始のずいぶんと前から会場と回線をつなげて、あれこれと打ち合わせをしたり、ソーシャルディスタンスを取りながら椅子を並べたりしている様子がモニターに映し出されている。スタッフの方々に画面を通してあいさつをさせていただく。さながら現地へと一瞬にして飛んでいったかのようだ。

第一部の私の講演のあと、第二部では詩人たちが十数人、詩の朗読をする。リアルタイムで見ることができた。普段の部屋が不思議な臨場感に包まれていったのも初めての体験だった。

こちらには客席が映し出されていて、場内のスクリーンには私が映っているという仕組み。聞き手の呼吸が伝わってきて間が取れる感じがあり、生の現場感覚そのままだ。パソコンのカメラに向かって夢中で話をしている自分に気付く。コロナに苦しむ今だからこそ反対に見つかる何かがある。たとえオンライン上であったとしても、未曽有の被災経験の傷を支え合おうとする人の心が共にある限り、対話の本質は変わらないのだと分かった。

震災のあと、しばらくの間は色彩感覚が失われてしまったように感じられたという話を福島の人から数多く聞いた。風景が真っ黒な幕をかけられているように見えてしまう。それを話した。

講演後の質疑応答の前に司会の方が、私は視覚ではなく聴覚に異変を感じたと語った。地震のあとに神戸の町を歩いていて、どんな音にも耳が反応しようとしないとはっきりと分かった、と。地の震えの記憶。距離と季節を超えて互いに言葉で心を震わせたい。

二〇二〇年十一月

◎見えない壁を押していく

福島在住のバイオリニストの齋藤恭太さんと共演させていただいた。私の詩の朗読に合わせて「G線上のアリア」やさまざまな曲を弾いてくださった。言葉を声に出して重ね合わせていると、広い音の懐に抱かれたような気持ちになり震災の日々が心の中をめぐってきた。弦楽器の調べに耳を委ねながら、歳月の中を潜るようにしてお客さんと共に心を動かしていくことができた。さまざまな記憶のたたずまいを、音楽を介してあらためて感じることができた。

楽屋にて、いわき市にある災害復興住宅への慰問公演の話をうかがった。東日本大震災の直後の二〇一一年四月から続けていて、五十数回になるとのこと。新型コロナウイルス禍でしばらく休止していたが、最近になってまた出かけるようになった。バイオリン、フルート、ギターの演奏者の三人でクラシックからポップスまで幅広く演奏を届けに行く。三密を避けるようにしながら、先日も二カ所を回った。どちらも双葉町から避難した方が多い住宅だと語った。

一人暮らしをしているご高齢の方の姿も多いそうだ。席を予約している方が現れなくて、「万が一」とみなが心配する一幕もあったと話してくださった。震災直後は、喪失感や絶望感を立て直そうという思いで足を運んでいたが、今は集まったみなで楽しもうというムードが全体に感じられるという。曲との合間にトークやクイズなどをはさむなど工夫もしている。齋藤さんのあたたかい人柄が親しまれているのだろう。

何度も出かけていって、なじみのある場所がいくつかあり、そこに行くのが楽しみであるとほほ笑んだ。今ではみなもすっかり聞き上手になってくれている。住み慣れたところを離れて、ずっと独り暮らしをしていて、不安と不便の二人三脚の暮らしを普段はしているのかもしれない。せめて明るい顔で帰ってもらいたい。いつも一音一音にそんな思いを込めて弾いている、と。

当初は海や故郷を連想させる楽曲は避けたが、今はそのような縛りもあまり考えずに選曲をしているそうだ。器楽なので歌詞がないから、聞き手は自由に心を乗せることができる。

言葉を追いかける人間として、私はいろいろな「懐」を音楽から学びたいと思った。かつてのにぎやかな暮らしを思い出しながら、独り寂しくたたずむ誰かに詩という手紙のような何かを渡したい。

十年の歳月が迫るが、見えない壁を押していくのは、人を思うことから始まる情熱だ。

二〇二〇年 十二月

◎耕すように言葉を

土曜日の夕方、すっかり暗くなってしまったのだが、津波の被害のひどかった福島県相馬市の海辺を少しだけでも眺めたいと思った。東日本大震災から十年後の海を主題にして、いくつかの詩を書きたいと願っている。車を走らせる。氷点下に近い気温で、空気が澄んでいる。

「ふくしまを十七文字で奏でよう」というコンクールの表彰式が、先週の土曜日に福島市のホールで行われたばかりだった。気持ちを十七音にして誰かとやりとりをするというユニークなものである。およそ四千作に近い応募があった。

参加してくれた東京在住の父子の姿が印象的だった。子どもの「食卓に　気付けばいつも　ふくしま産」という作品に「手塩かけ　育てただろう　ふくしま産」と父がボールを返している。

息子さんは震災の少し前に生まれた。少しでも被災地の農家の方々への助けになればと思い、これまで福島産の野菜を食卓でなるべく食べるようにしてきたと、賞状を受け取った父が語った。最近になって家庭菜園を始めてみて、農作物を作る大変さがとてもよく分かったと続けた。思いをめぐらせる青年のような表情だった。

二本松市で有機農業を営み、自宅を改築して農家民宿を始めた菅野正寿さんのことが頭に浮かんだ。宿泊をして農作業の体験をしたり、作物を味わってもらったりという活動。希望する人には田畑を貸して、日ごろの管理を請け負う。首都圏の方が多いそうである。

「手と足を動かして土と親しんで、初めて分かることがある」。農業を通して福島の今を知ってもらいたいという信念がある。先日お会いしたが、新型コロナウイルス禍の影響でお客さんが減ってしまっていた。

陽の沈んだ海に到着した。寒波が来ているさなか、波打ち際にやってくるのは、私ぐらいかもしれない。ここは震災直後にガソリンを初めて手に入れることができて、最初に来た浜辺である。家や船や車や、あらゆるものが散乱し、堤が割れていたことを覚えている。砂が敷かれて平らかになり、堤防も市場もきちんと整備されている。港や発電所の灯りが優しく見える。

強い風の音に寄せくる波の調べが混ざり合う。あの辺りは丘だったはず。土砂の起伏のあるところに泥だらけの大漁旗が落ちていたことを覚えている。

たくさんの人の復旧作業があり、今はまっさらな広い砂浜に。この海辺の今と昔を伝えるにはどうすればいいのか。「手と足を動かして」。耕すようにして言葉を。さらわれてしまった命と暮らしを。

二〇二一年 一月

◎母なる大地に抱かれ

東日本大震災から十年。かつてインタビューをさせていただいた方と再会し、その後の暮らしについてあらためてお話を聞くという活動を少しずつ始めている。新年の最初に、福島県飯舘村にて酪農業を営まれていた長谷川健一さんのお宅へと出かけた。久しぶりだったが、親しみのある笑顔で迎えてくださった。

先祖から受け継いだ大規模な酪農業を営んできた者として、そして周りから信頼を受けている区長として、村や国へ熱心に働きかけをしたり、殺処分される牛たちを守る活動をしたりしてきた。やがて各地から声が掛かり、震災の生の現実を伝え続ける飯舘の語り部の役も担ってきた。休むことなく全国を歩き回った年月だった。

前にお会いした折には、伊達市の仮設住宅住まいだった。かつてはたくさんの牛たちが、雲の影を眺めて草を食んでいたのだろう。広大な農地を初めて見せていただいた。

心から愛していた酪農の仕事だったが、あきらめることにした。現在は蕎麦を栽培している。雪を被っているが、見渡す限りの土地に蕎麦の花と葉が風に揺れる風景を思い浮かべた。白と緑のたたずまいが好きなので、カメラを携えてぜひまた来ようと思った。

仲間の三人と組合を作って、畑作りに精を出している日々。土と触れ合えなかった毎日と比べると、気持ちが生き生きしてくる。味も品質も良い。しかし作り上げた蕎麦は依然として残る風評被害により、市場価格の十五分の一の値段にもならないそうである。利益はあがらない。そして食品にではなく飼料として使われていることのほうが多いそうだ。

昔からずっと育ててきた土を、このまま駄目にしてはならないという一心で続けている。前にお会いした時は、怒れる飯舘人という印象であったが、穏やかな終始の語り口から産土（うぶすな）の守り人という印象を受けた。怒り続けるのもなかなか疲れるものだよ。少し静かに暮らしていきたい……と。私も和合さんも確実に十年を重ねたんだよ、と笑った。

農業の後継者不足。未来を心配する。震災は村のコミュニティーを奪った。仮設住宅の町で生まれた自治会の輪もあったが、それもやがて解散となった。戻る人の少ない村へ、と決意した。やはり強く感じたという。この野山と木と風が一番好きだ。こつこつと働き続けたい、と。

語るまなざしに情熱の光。母なる大地に抱かれるようにして煙を上げる春の野火だ。

※震災後十年間に、共同通信、毎日新聞、熊本日日新聞、神戸新聞、時事通信にて掲載されたエッセイから抜粋しました。文中の事柄はいずれも掲載当時のものとなります。

第4章

対話篇——若松英輔（批評家）

死者とともに在ることが未来をつくる

若松英輔（わかまつ　えいすけ）

1968年生まれ。批評家・随筆家。東京工業大学リベラルアーツ研究教育院教授。

2007年「越知保夫とその時代　求道の文学」にて第14回三田文学新人賞評論部門当選。

2016年「叡知の詩学　小林秀雄と井筒俊彦」にて第2回西脇順三郎学術賞を受賞。

2018年『見えない涙』にて第三十三回詩歌文学館賞を受賞。

2018年『小林秀雄　美しい花』にて第16回角川財団学芸賞を受賞。

2019年『小林秀雄　美しい花』にて第16回蓮如賞を受賞。

著書に『魂に触れる　大震災と、生きている死者』『君の悲しみが美しいから僕は手紙を書いた』『イエス伝』『詩集　見えない涙』『常世の花　石牟礼道子』『本を読めなくなった人のための読書論』『弱さのちから』ほか。共著に『悲しみが言葉をつむぐとき』（和合亮一氏と）、『キリスト教講義』（山本芳久氏と）ほか。

言葉を書く、詩を書く。生まれ出ようとしている言葉は、果たして誰のためのものなのか。そして、どこに向けて放たれてゆくものなのか。批評家・若松英輔氏は『詩の礫』が発信されたことについて、こう記している。

〈多くの人々が、懸命な思いで被災地に物資を届けようとした。それに呼応するように和合は、被災地から言葉を送り出していた。彼の言葉を読んだのは東北にいた人々ばかりではない。さまざまな場所にいて、経験したことのない不安と戦慄の中にある人々が、その詩をむさぼるように読んだ。／それだけではない。彼の作品にふれ、多くの人が詩を書き始めたのではなかったか。誰に見せることもなく、ただ、自らのために詩を書くという営みがあることを発見した人は少なくなかったように思う。私もその一人だった。〉

（『往復書簡　悲しみが言葉をつむぐとき』岩波書店刊より）

死者一万五千八百九十九人、震災関連死三千七百六十七人、行方不明者二千五百二十九人——。東日本大震災から十年目時点で把握されていた犠牲者数だ。多くの命が震災、原発事故によって失われた。このおびただしい数の死を私たちはきちんと受け止めることができているのだろうか。そして、この無念の思いに向けて、言葉には何ができるのか。再び前掲書から若松氏の一文を引く。

〈書くとは、自分と亡き者たち、そして未知なる他者への手紙なのである。〉

『詩の礫』は、被災した日からの和合氏の思いを超えて広がっていった。最初の発信から十年を経た今、改めて『詩の礫』が務めた役割と意味を両氏の対談で考えてみたい。

＊

若松：唐突ですけれど、和合さんは、お正月はどのように過ごされていますか？ 初詣に神社に行くというかたが多いと思いますけれど、私の故郷の新潟では、初詣にも行きますが、風習的にはお墓参りをするのです。あまり深く考えたことはなかったのですが、幼いころも、自分がカトリックであるからなのか、初詣にはほとんど行ったことがありません。しかし、墓参りにはよく行きました。

ただ、故郷は雪深いところですので、墓にはたどり着けない。ですから仏壇でお参りを済ますのです。大学に進学するまで、これが当たり前だと思っていました。しかし、さまざまな人たちと話をする中で、ある地方に残る風習であることが分かってきます。そして、東日本大震災のあと、柳田國男の『先祖の話』を読む機会があって、そこにお正月は、もともとは亡くなった人と迎えるものだったと書いてあったのを読んで、合点が行きました。故郷での生活は、死者とのつながりが基盤だったのです。

和合：うちも同じですね。お墓に年始の挨拶に行って、檀家寺の和尚さんと話をします。その後は親戚への御年始の挨拶回り。和合家は二十二軒の親戚がみんな近所に住んでいて、本家の長男である私は二十歳になってからずっと、一月二日にすべて回っていました。さすがに今は取りやめになりましたけど、うかがったら、まず最初に仏壇に手を合わせますね。

若松：最初に仏壇に行きますか？

和合：最初に行きますね。こたつのある茶の間でちょっと挨拶をしてから、仏間にうかがいます。昨年はお世話になりました。今年も宜しくお願い致しますと仏壇にお伝えします。夏は、結構なお盆でございます、これからも宜しくお願い致します、と。

若松：私の故郷では、最初にお茶の間に通されることは、まずありません。仏壇に向かってから、お茶の間へ行って世間話が始まる。亡くなった人に対する挨拶が最初で、生きている人間はあとなんです。柳田は『先祖の話』で、こうした生活感覚は仏教とは関係ないと書いています。日本古来の神道とも関係ない。民衆の実感、「常民の常識」だというのです。「ならわし」ともいえるんですけど、やはり実感なのだと思います。お盆をめぐってはまだ、そうした感覚は残っていますね。

和合：実感と考えるのが正しいのでしょうね。

若松：見えないのだけれどそこにいる、という感覚がある。

和合：お盆、年始回りをしていると、さまざまな世代の人とお会い致します。その人たちが年々歳を取って、やがて他界していく。歳月ごとに親戚の姿を毎年見ていると、時折に、そうした生と死への実感というものがありました。

若松：私たちは「生きつつ」あるだけでなく、「死につつ」もある。英語で言うと分かりやすいと思うのですが、livingしていると同時にDyingもしている。Dyingというと、ベッドに横たわってあと数日で亡くなる様子を思い浮かべがちですが、人はすべて、その人の生涯を費やしてDyingしているわけです。

これが実状ですから、どう生きるのかだけではなくて、どう死ぬかも考えないと理にかなっていない。しかし、人は「どう生きるか」ばかりを真剣に考えて、「どう死ぬか」ということはあまり考えない。どう死ぬかということは、「病院で死にたい」など、死に場所を考えることではありません。それは、死に向かって、どう歩いていくかということそのものです。

生と死を隔てているものは何ですか？

和合：死生観に関して、先日、感じ入る機会がありました。高校生によるプレゼンテーションの大会があって、二十二人の高校生が半年かけて準備したスピーチを聴くというイベントでした。アメリカの「ＴＥＤ」のようにスピーチを壇上でするわけなのですが、高校生たちは六歳、七歳で東日本大震災を経験している。登壇した何人かが言っていたのは、「震災と新型コロナウイルスを経験して、今の私たちは生と死をはっきりと認識している」ということでした。聴衆に向けて「生と死を隔てているものは何ですか？」と尋ねるなど、プレゼンテーションの内容も死に迫るものでした。

若松：現代の教育の現場でも、若い人たちがどう生きるのかを考える機会はある。でも、死をめぐって考えさせる機会は、ほとんどありません。震災で亡くなった人たちに年齢は関係がありませんでした。若いということが死を免れる要因にはならない。それが現実です。でも世の中は、死の問題は年齢を重ねてから考えればよい、という風潮を作ってきた。考えたからといってすぐに何かが変わるわけではないように見える。しかし、これも「生」

を「生きる」という一面から見た考えに過ぎません。
人は、死を考え始めたときに人生の後半が始まる、という思いを強めています。このことにも年齢は関係がない。通常ですと四十五歳くらいからが後半になるイメージがありますけれど、死のことを考えた高校生は、十代から人生の後半が始まってしまう。たとえ、その子が十歳でも、人生の後半が始まるのだと思います。逆を言えば、ずっと後半が始まらない人もいる。いかに生きるかばかり考えている。詩の世界についても、いかに生きるかということばかり歌っている印象があります。

和合：興味深いご指摘ですね。震災を経験する前の社会の在り様にも関係すると思うのですが、利益を上げることばかりが正しいことと喧伝され、若者たちは都市空間での消費生活に憧れる。生のエネルギーはものすごくあっても、死という概念は全然見えてこない。季節感がどんどん失われていく人工的な社会からは、それとともに死生観が薄れていくように思っていました。

今、十年前のことをいろいろと思い出しているのですが、津波の直後に被災地の海辺に行ったとき、犠牲になったかたがたに申し訳ない気がして、あの場で写真を撮ることができなかったんです。東京から被災地を見に来ている人たちがいて、津波にさらわれた光景をバックに記念写真を撮っていたのを見て、自分も全く同じじゃないかと。ランドセルとか片方だけの靴とか畳だとか、潰れた車だとかが散在していて、ここで亡くなられたのだなと実感として思ったんです。ここには生活があり、暮らしがあり、ランドセルを背負った子供さんがいた。どんな思いで津波に巻き込まれていったのかなって、すごく苦しくなったことを覚えています。

若松：かつての会社の同僚に気仙沼出身の人がいたこともあって、震災後に気仙沼と南三陸町に行きました。私はもともと、ほとんど写真を撮らないのです。写真を撮ると、その経験が見えるものに還元されるような気がするのです。しかし、あのときほど、写真には写らない何かを見ていると思ったことはありません。写真の画角に収まらない世界。

写真を撮るということは眼前の現実を任意に切り取るということですけれど、震災直後の被災地にはそれを強く拒むようなところがありました。写真家というのは、この不可能を実現する人ですね。しかし、私のような者にそれを撮ることはできない。

写らないということで言えば、私が行ったときの気仙沼とその周辺には当然ながらもう水がなかった。あれだけ物を破壊し、人を呑み込んでいった水がない。津波の痕（あと）を見たということと、実際に起こっていた現実の間は計り知れないほど遠いわけです。被災した場所を、私たちが歩けている。この素朴な事実に、あのときの現場の「分かり得なさ」を強く感じました。分かり得ることを英語で understandable、あるいは understandability と書きますが、その正反対です。non-understandabilityに直面しているという感じです。
もちろん、映像で津波の正体を見ています。でも、映像を見て状況を知ったと思ってしまうことに対する、拒絶が自分の中に芽生えた経験でもありました。和合さんが持たれた申し訳ないという思いには、そういった部分もあったのではないでしょうか。
和合：実感ということとも重なる部分ですね。
若松：最近で言うと、コロナ禍の世界各地の映像が映し出されますね。日本よりもっと厳しい状況の国や地域はたくさんある。しかし、それを見て、海外はこういう感じなんだと受け止めると大きな誤りをおかす可能性がある。テレビの画角に収まらない何かがあって、そこに行ってみたらもっと違うものが見えてくる。その映像からだけで全貌を知ろうとするのを拒むのが現実なんだと思います。ただ、和合さんが書いた『詩の礫』は、今、話していることの逆です。あのとき震災の現場にいた和合さんが発信した。現場にいる人と私たちは、あのとき、言葉でつながった。その体験が『詩の礫』だったと思います。

書くこととの間合い、呼吸の整え方

若松：十年前のツイッターは、今日のように使われてはいませんでした。使っている人もいる、という状態だったと思います。携帯電話やメールも通じない非常事態になって、これは使えるかもしれないと気付く、そういう時期でした。当時、私は、自分から言葉を投稿するために使うことはなく、興味を持った人の発信を見ていました。アカウントは作成したのだけれど、どういう言葉をこの場で発すればよいのかも分からないし、発するようなこともないのではないかと思っていました。

和合：若松さんは今、良いバランスでツイッター、SNSと向き合っているように思いますね。

若松：じつは、原稿が書けないときにツイッターで書いているんです。筆がのっているときにはツイッターに向き合う時間はないのですから（笑）。人によって感覚は違うと思いますが、私の場合、パソコンで書くときのモニター上の白い余白、時々、何だかすごく大きく見えることがあるのです。一五〇〇字程度の原稿なのに何か終わらない道程のように感じることがある。でも、ツイッターは一四〇字しか書けない。文字を埋めていくにしても、このくらいなら書ける。文字を書ける自分を確かめているという現状があるのです。

しかし、ツイッターも十一個書いたら約一五〇〇字になりますが、それは一五〇〇字の原稿と同じではありません。あるまとまりをもった一五〇〇字の言葉をつむぎだすには、ある強度をもった呼吸が必要です。でも、どうしても呼吸が乱れてしまう日がある。ツイッターは呼吸を整えるために書く。書いていると呼吸が整ってくるんです。

和合：かつて小林秀雄が学生たちに向けて語った講演の録音を聞いた経験を思い出しました。小林は、「俺はすごい煙草のみだけど、好きでのんでるんじゃない。じゃあ、なぜのんでいるのか、それが分かるか?」と学生に問う。みんな首をかしげる。すると小林は「俺は別に煙草は好きでもないんだ。書くための呼吸というか間のようなものを整えるために吸ってるんだ。だから、やめろと言われたらいつだってやめられるんだ」と。物書きには、そういう呼吸や間を取るために必要なものってありますよね。私にとっては、たとえばコーヒーかもしれない。

若松：私は煙草も酒もやらない。かつては四十五分に一本くらい吸っていましたが。煙草を吸う行為は、まさに「間合い」でした。煙草は環境として吸えなくなったからやめたということもあるのですが、煙草以外でも呼吸を整えられる手段を自分で見つけられたのだと思います。そういえば、コーヒーもほとんど飲まなくなりました。

和合：それは何だったのでしょうか?

若松：とても素朴なことなのですが、書けないときは読めばよいことに気付いたんです。「読むと書く」という少人数制の講座を行なっていて、そこでもよく話すのですが、読むと書くは、ちょうど呼吸のようなものなんですね。読んでばかり、もしくは書いてばかりではだめなんです。もう一つ、最近の発見なのですが、短い時間でも寝ることですね。

和合：僕は特に習作時代に、書けなくなると大学時代の恩師の澤正宏先生に話を聞いてもらっていました。澤先生は戦前のシュールレアリスム運動の中心となった詩人、西脇順三郎のお弟子さんです。なんで書けないんですかねと言うと、「それは和合くん、読んでないんだよ。読んでいれば何かひらめくんだから、それで書くんだよ」と。それを耳にすると、いつも不思議とやる気が出てくるんです。そう言ってもらいたいがために質問していたのかもしれないですね。

若松：澤先生にはお会いしました。よく覚えています。同意見ですね。読むと書くは、言葉をめぐる行ないです。食物が身体の糧(かて)であるように、言葉は心の糧ですね。それを食べ、体内で栄養に変えて、私たちは日々、生きるエネルギーを得ている。言葉においても同じことが起こるとよいと思うのです。ですから、読むだけでも、書くだけでもうまくいかない。

和合：私が普段読むものはどうしても詩集や詩にまつわるものが多いですが、どうしてもくたびれてしまって書けない場合はあえてリラックスできる、軽いテーマのエッセイを選ぶ場合も多いですね。また、たとえばこれは前衛のテキストを書くことの反動かもしれないのですが、新聞のコラム欄などに肩の凝らないエッセイを書くのも大好きです。軽く読んでもらいたいような文章を書くときには、なおさら軽めなものを求めている自分に気付きます。

若松：ただ、軽く読んでもらえるものが軽く書けるとは限らないですね。軽く書けたらいいんですけど、必ずしもそうはいかない。私の実感としては、書くときの自分の状況と書くテーマが合致さえすれば、よいものが書けるとは思うんです。

ただ、この合致というのは、ある緊張状態を感じるということでもあるのです。たとえば、人間を超えた存在について書くのだとしたら、神的なものと人間的なものをある緊張状態の中で読み、考えているということが、私にはとても大事な条件になります。同質のことが生と死にもいえる。生のことだけに引っ張られるのではなく、死にも引っ張られている。

こうしたとき、ある強度で意識されているのは、円ではなくて楕円です。楕円は二極に引っ張られています。調和している状態は円形だと考えられがちです。しかし、それは観念的にはよいかもしれないが、あまり現実的ではない。楕円の中にあるとき仕事が生まれる感じがしています。

和合：私にもポエジーが湧くときと湧かないときがあります。物を書くことにそのままつながるのだと思いますが、体調がすごく良くても全然浮かばないときとか、体は疲れているのに、朝目が覚めたときから頭の中が詩でいっぱい、ポエジーでいっぱいになっているときもあります。起きた瞬間から気流が違うというか。それというのは、若松さんがおっしゃる楕円に似ているのかもしれませんね。

若松：真円の状態は、気流が起こりにくいとも思います。軽く動く程度で、空気はゆっくりと動いている。それが楕円になると、ある勢いをもって動いていく。

和合：気流がゆっくり動いているときって、何を書いてもだめなんですね。当たり前のことしか書けない。最近、意識しているのは、あえて手を動かして書くということです。PCばかりになっていたので、ある日、久しぶりに手で書いてみると、これは五十代の兆候なのでしょうけれど、字が書けなくなっている。一応、国語の先生なんですけどね（笑）。字を丁寧に書いてみよう、字ともっと向き合っていこうと改めて思っているんです。そこから詩が湧いてきたり、もう少し自分の中でイメージの深度を探っていこうという気持ちが生まれてきたりする。現代詩の大先輩である吉増剛造さんが、言葉から文字、やがてカリグラフィみたいなところに踏み込んでいったことも理解できますし、私自身も改めて手を動かすことに惹かれています。

危機の時代に技巧の言葉は届きづらい

若松：吉増さんは震災に絡めて、吉本隆明の詩をはじめ、人の言葉を写経するように書き写し続けてました。本能的に吉本の詩を書き写していたと思うのです。自分の言葉を生むことは書き手の仕事だけれど、そのときに世が必要としている言葉を書き記すことも書き手の仕事であることに吉増さんは本能的に気付いている。吉増さんは、自分の中から出てくる言葉というよりも、吉本隆明という詩人の書いた言葉こそが今、蘇って来なくてはならないと鋭敏に感じていた。それが同時に、吉増さんの中で新生しようとしている言葉とも直接的に関係していたのだと思います。

和合：読むことと書くことにつながってくる気もしますね。

若松：書くこととは、ゆっくり読むということなんです。批評の仕事をしているので、他者の言葉をよく引用します。引用することと読むことって、まるで違う経験なんです。たとえば、小林秀雄の文章を三行引用する。本で三行を読むのは数秒ですが、引用して書き記すことは、さらに深く読むことにもなって、もっと時間も労力も必要になる。

和合：僕も詩集に関しての月評を毎日新聞でずっと続けています。そこで取り上げる詩集から引用をするのですが、新聞の連載だから紙幅が少なく、やはりたった二、三行しか引用できないんです。ただ、少ない行数とはいえ、使い方や入れ込む位置によって破壊力のある何かに何倍にもなる。引用部分が自分の述べたいこととリンクして、評論部分の文章がもっと深まっていくように書き終えたいと思っていて、引用の箇所を探すときにも自然とそういう部分を求めている自分に気が付きます。深まりというか、ハレーションを起こす詩行があるはずだ、と。漫然と読むこととは違う、積極的な読みです。ただ、そこで取り上げる詩集に関しては、今書かれている現代詩はそもそも難しいだけなのではないかという指摘を時折に受けることがあります。ずっと連載を書き続けてきて、しかし確かによく分かる気がします。つまり難しさと深さは別物と言いますか……。

若松：現代詩という表現が適切なのかは難しいところですけど、「詩は技巧だ」という一部の人がいます。決して誤りではないですが、技巧は詩の全てではない。また、必須の要素でもありません。さらにいえば、危機の時代に技巧はあまり役に立たないかもしれない。

今、私たちは、コロナ禍という危機の時代を生きています。でもそれだけでなく、個人的な危機はそれとは別な次元で起こってくることもある。時代は普通に平穏に動いているときでも個人の危機はあるわけです。そうした二重の危機に対して、技巧をこらした言葉はなかなか届きづらい。苦しむ人が渇望しているのは技巧だけではない、というのは事実だと思います。

和合：それは詩の批評家がいないということと関係しているのかもしれません。若松さんは、詩をお書きになっているし、批評活動もされている。文学から宗教、民族に関しても批評される道筋をお持ちです。改めてお聞きします。批評家の役割というか、詩に対して求められている批評、もしくは批評活動全般に対してどう思われていますか？

若松：まず言葉の意味から考えると、批評の「批」の字には「裏返す」という意味合いがあります。また、批評は「クリティックス」と訳されますが、これは「クライシス」とも関連付けられる。批評とは、危機にあって本質を明らかにすることです。

一方、近い言葉で「評論」があります。こちらは「評価して論う」ことを指します。両者の最大の違いは、その対象との結びつきの有無なんです。批評は、その対象との絶対的な結びつきが起こらなければ始まらない。評論は結びつきがなくても評価の対象にできればよい。詩の世界はどうかというと、評価が優勢で、批評が未熟なのではないでしょうか。

詩には賞がたくさんあります。候補作でこれが一番よかった、ということを多数決できめる。そういう授賞の仕方もある。しかし、本当に残るものは必ずしもそうした穏当な道を通ってこない。他の選考委員が疑問視している中で、唯一人の選考委員が、強く賛意を主張する。そこに批評が生まれ、ある意味で名作が生まれる。「これは詩なんですか？」

「いや。これこそが詩なんだ！」というぶつかり合いの中から批評的な選択は生まれる。
でも現実は、誰もが見て一様に「ああよくできてる」といったものが選ばれがちです。長い目で見れば、時代が証明してくれますけど、そういう作品は消えていく。ゆるやかな評価は得た。しかし、批評とともに強烈な愛と出会うことがなかったといえるかもしれません。

和合：まるで自分の作品が審査されている現場を見ているような感じですね（笑）。だいたい、あとでそういうことを聞きますから。

若松：何が選ばれてもよい。しかし、選んだ人が自身の人生をかけて選んだ作品は少ないのではないかと思うのです。

「言葉の器」となった石牟礼道子

和合：今の文学に関しても、若松さんはさまざまな書き手を取り上げて批評をされています。小林秀雄、原民喜、石牟礼道子さんなど、この十年を振り返っても多くのかたを書かれていますが、人物に迫っていくことについて、背景にあるのはやはりその対象への愛なのでしょうか？

若松：愛ともいえるし、出会いというべきなのかもしれません。出会ったら、出会わなかったことにはできない。とくに相手が亡くなった人であれば、私が黙ってしまうと、その対話はなかったことになってしまう。それは自分には喜ばしいことではないし、書き手としても誠実さを欠くことになるように感じています。

常々思うのですが、ほとんどの書き手は、本当に書きたいことを書けないまま亡くなっている。後世の人がそれを読み解き、紐解いていくというのが文学の歴史なのではないでしょうか。書きたいことの断片しか書けない、それが人間の宿命ですね。そこには自己と時代という、少なくても二つの制限がある。

後世の人が読み解くことの意味は、自分ではない他者が読み解くということと、後世という違う時代が読み解くということ。後世の人が読み解くことによってこそ明らかになることは、じつに多くあると思うんです。

和合：今回の震災のことから重ねて考えていく中で、ぜひお聞きしたかったのは、石牟礼道子さんのことです。私も石牟礼さんとご一緒できる機会があったのですが、残念ながらご体調が思わしくなく、会えずに終わってしまいました。『詩の礫』も読んでいてくださったとうかがいました。若松さんは石牟礼さんとお会いしてお話をされ、石牟礼さんのお仕事や人生について書かれてきましたけれど、石牟礼さんはどんなことを残していったのかをお聞きしたいんです。水俣病患者と向き合い、共感や祈りを込めた『苦海浄土』を書かれていますが、石牟礼さんは水俣とどんなふうに向き合ってこられたのでしょうか？

若松：石牟礼道子さんは言葉の器と呼ぶべき人でした。彼女の周りには、水俣病の影響で話すこと、言葉にすることも奪われた人がたくさんいました。まず、その人たちの語られざる言葉の器になった。それがやがて水俣病だけではなく、歴史の中に埋もれていったたくさんの人たちへと広がっていった。

そして、晩年には、幼年時代の自分をすくい出さないといけないと語っていました。幼いときの自分は十分に語る言葉を持たなかった。でも、いろいろなものを見ている。不思議なものを見たり、驚いたり、怖いと思ったり、そこで湧き上がる思いがあるのだけれど、言葉にできない自分がいる。それをどうしてもすくい出さないといけないんだと。

言わないままになっている経験を持っている。それを表現することができれば何かを生むことができるのに、あるいは伝えていくことができるのに、でも言葉が足りないからできないでいる。つまり、意味深い苦しみを持っているわけです。石牟礼さんの幼年時代とは、まさにそういう時代で、書いても書いても書ききれない。とても感性の豊かな子供であったことは間違いないのですが、それを最後にすくい出したいと感じていた。

多くの人にも同じことが言えると思います。さまざまな経験をしてきたけれど、その経験を誰かと分かち合うことがない。あるいは、自分の中でその経験を受け止めきることができないままでいる。そういうときに生まれるのが苦しみなんです。受け止められれば人は苦しみに意味を見出すことができる。

十年経っても思い出にならないこと

和合：幼年時代ということで言うと、震災のときを契機にして、私も幼いときのことをたびたび思い出すようになったんです。『詩の礫』にもいっぱい幼い日に見た回想を書くのですが、祖母の思い出とか、友だちと喧嘩をして家に帰ってきたときの記憶とか。地震に揺られながら、昔、祖母に言われた言葉とかが生々しくフラッシュバックすることが何回もありました。

若松：私たちにとって詩を書くということは、それは過去のことではなくて今のことですね。震災から十年の時間が経とうとする今、少し気を付けなくてはいけないと思うのは、震災は十年前に起こったことだけれど、多くの人には、あの経験は今の経験であり続けていて、終わることのない経験である、ということです。十年経ったから過去になるのは「思い出」であって、震災は思い出たり得ない経験だったと思うのです。ここが見逃されていくと、とても恐ろしいことになる。

多くのメディアが目印として十年という記号を使うけれど、それが二十年、三十年となったとしても、震災の経験は過ぎゆく時間とは違う時間軸での出来事なんです。メディアの人には、十年という時間にもっと留意してほしいと思います。

和合：十年で何が変わったのか。福島の現状で、建物が新しくなったとか、避難先での暮らしが落ち着いてきたなどであれば、いくらでも挙げられます。時間軸の話をされていましたが、経過した時間の先に、何らかの結末が待っていたということは全然なくて、ずっと並行している違和感みたいなものがあって、私たちはぶつけようがない思いを常に抱えたままでいる。先ほどお話しした高校生によるプレゼンテーションのイベントで、彼らがズバッと言ってくれたのですが、問題の一つは言葉なんです。たとえば、復興、未来、明日といった言葉。大人が好んで使うこの種の言葉が、政治のことでも教育のことでも、常にどこかに現れる。私自身も使っているかもしれませんけれど、彼らが言うには、考えていることがみんなバラバラな気がするのだと。復興という言葉一つとっても、捉え方が違っているように見えると言うんです。「私たちはずっと幼い六、七歳のころから聞いてきたけれど、いまだに焦点が結ばない。復興とか未来という言葉のイメージを統一してほしい」っていう。復興という言葉を受け止めて何を目指しているのか、実のところはみんな分かっていないんじゃないか。それをまずはみんなで語り合おうって。高校生たちは、復興に革命という言葉を添えて、これぞまさしく「復興革命」だということを言いきってプレゼンテーションを終えたんですよ。われわれの平行線のままの心の状況を高校生が言い当ててくれた。新しい力を感じました。

若松：高校生の発言は重要な指摘ですが、その一方で、社会では言葉は統一されようもなくて、みんなそれぞれの解釈で使っています。私たちがそこで考えねばならない問題は、個々別々に用いている言葉の中に、どういう共鳴とか共振するものを生み出すことができるのかということです。人間の生活には「外的な生活」と「内的な生活」があります。そして、その二つが交わる第三の場も。それを「現実的な生活」と呼ぶことにしましょう。

建物や社会のインフラ、社会の制度が整ってくるとか、これは「外的な生活」です。かつては、さまざまなことが不安だったけど、少し落ち着いてきたという場合もあります。これは「内的な生活」です。しかし、この二つが分かちがたく結びついているのが私たちの「現実的な生活」です。

そして、震災という出来事を考えるうえで絶対に忘れてはいけないのは、さらにもう一つの生活、「彼方(かなた)的生活」だと考えます。彼方的とは、亡くなった人との関係を含めた生活です。人は、この四つの次元で生活を営んでいます。復興という言葉で言えば、この四つがともに蘇っていかなければならない。

和合：私が『詩の礫』に続く詩集『詩ノ黙礼』で伝えたかったのが、若松さんがおっしゃる彼方的生活、死者との対話だったんです。たとえば最近だと、原発から出た汚染水の海洋放出の問題が浜通りを中心に問題になっています。「今も行方不明者がいる海に汚染水を流すという行為は許されるのか」と主張されるかたが福島では多い。

若松：私が感じている「彼方」とは、亡くなった人と未来が同時に存在している場です。そう考えると、亡くなった人というのはじつに未来的でもある。不思議な感覚なんですけどね。

和合：生まれ変わるとか、そういうことなんでしょうか。

若松：亡くなるというのは、自分が来たところに帰っていくことなのではないかと思っています。かつていた場所、生まれる前にいたところに帰っていくような感じです。これからこの世界にやって来る人もそこにいる。生まれ変わりというよりも、次に来る人がそこにいる。

イメージとして「天」というものがあるとすれば、人は亡くなってそこに戻るんだけど、天からこちら側におりてくる人もいる。だから、死者のことを考えるのは、実はとても未来的なことだと思うんです。

何を言いたいのかというと、本当に未来のことを考えたいのなら、死者たちと仕事をするべきなのではないかということなのです。先ほどの汚染水放出の問題に戻って、この問題を考えてみたいのですが、行方不明の人たちがいるからダメだ、という心情は理解できます。しかし、行方不明者がいなくてもダメなんだとも思うのです。それは海とは、未来の海でもあるからです。亡くなった人たち、行方不明の人たちだけを考えてもいけない。死者、行方不明者という不可視な存在とともに未来を考えていくことが大切なのではないかと思うのです。

別な例を挙げると、憲法の問題でも同質のことがいえます。憲法改正が叫ばれている。憲法成立の過程を考えると、先の戦争で亡くなった人たちの経験を礎（いしずえ）にしていることはいうまでもありません。亡くなった人たちの思いを生者である私たちがしっかり受け止める、それが憲法改正論議の起点であり、基点です。そして、改正という行為は、同時に未来の世代に対する責任を伴うことにもなる。ここでもやはり、死者との関係は私たちを未来へと導きます。

和合：それはそのまま、文学の問題、読書の問題、本を読む問題にもつながっていきますね。

若松：はい。本を読むという経験はとても未来的なことです。

高村光太郎が独り向き合った死

和合：死者との対話につながるところもある話なのですが、私は以前、彫刻家で詩人の高村光太郎が暮らした、岩手県花巻市にある山小屋「高村山荘」に行きました。高村光太郎は、一生をかけて追いかけていきたい詩人の一人です。そこで光太郎の山小屋に毎日郵便を届けに行っていた、当時少年だった浅野さんというかたに出会い、光太郎の思い出話をうかがいました。山小屋はまさにあばら家で、雪が降っているときは戸の隙間から雪が吹き込んでいたそうです。郵便を届けに行ったら、家の中まで雪が積もっている。少年浅野さんは雪の中を一生懸命探したそうです。「先生、先生！」って。すると雪の中から、「はい」と（笑）。山小屋の暮らしはとても貧しかったものの、光太郎はそこに7年いたそうです。

妻の智恵子が亡くなるときに、光太郎はどんな気持ちだったのかということがたびたび話題になるのですが、智恵子が病棟にいたときにはあまりお見舞いに行かなかったという話もあります。そこにはどんな思いがあったのか、そして代表作でもある詩集『智恵子抄』がどう書かれたのか。『智恵子抄』そして『レモン哀歌』へと進んでいく中で、すごく美しい表現世界を重ねていくようにして最後へとまとまっていく。しかし美しさが最も重要だったのだろうか。その後、智恵子のことをどのように思っていたのかなと思って、その山小屋に行ってみたときに浅野さんに尋ねたんです。すると浅野さんは、「これは自分が言ったとしたら、光太郎先生が空の上から怒るかもしれないけど、先生は寂しくなると、あのあたりの山の上の丘に立って、『智恵子ー！』って呼んでいたんです」と言う。それを聞いてから、智恵子抄を読む自分のまなざしが変わりました。もし私が自分の晩年にあの山の中に身を置いたとしたら、どんなことを考えて、どんなことを感じて、それでも書き続けていったのかと考えることがあります。光太郎は山の動物とか草木とかと本当に話をしているように時折に見えたのだそうです。まるで友だちに声を掛けるかのように。すでに亡くなっている高村光太郎と向き合うことの一番最初の体験とは、詩集を読むことなのかなと思いました。

若松：私にも高村光太郎はとても大事な人物です。『智恵子抄』は亡くなった智恵子に対する呼びかけですよね。「元素智恵子」という詩は、「智恵子はすでに元素にかへつた。」という言葉で始まるのですが、彼にとっての「元素」とは単なる物質ではないんです。これ以上は壊れることのない存在。むしろ永遠であるということがそこに保障されている。

現代はそこで物体化していくと読み解いてしまう人が多いようですが、それでは一面的に過ぎると思います。私も光太郎の山小屋に行ったことがあります。あの場で思ったのは、ああ、この人はもう、ここに死ぬために行ったんだ、ということでした。真冬にあそこで暮らす。それは不可避的に死を身近に感じることだったと思います。

和合：浅野さんいわく、「雪の中で光太郎先生の肌の色も白かった」そうです。雪の中で見分けがつかなかったくらいだったと。

若松：東京の真ん中で暮らしていてもおかしくない人が、極限までの厳しい場所に身を置いた。自らいのちを絶つことまではしないけれども、天にいのちをゆだねたということはあると思います。

光太郎は山小屋にいたときには彫刻は作らなかったそうですね。詩は書いたけれども彫刻は作らない。光太郎はさまざまなところで、自分は彫刻家であると書いています。なぜ詩を書くか、それは彫刻を純化したいからだというのです。詩を書かないと、いろいろな感情、いろいろな思いが彫刻に残ってしまう。彫刻はもっと純なものでなくてはいけない。

でも、山小屋にいるときはずっと彫刻を作らなかった。高村山荘の横にある高村光太郎記念館にある作りかけの彫刻、あれも作ったと言えるのかどうか。山荘での日々彼は、彫刻家としての自分を封印している、ある意味では「殺して」いるといってもよい。

そういう日々で智恵子の名前を何度も呼んでいたというのは、とても自然なことだったと思います。智恵子が亡くなっていくそばに、光太郎は寄り添うことができなかったというのもよく分かる。堪（た）えられなかったんですね。勇気がなかったとも言えるし、ある意味、意気地がなかったのかもしれない。そういうことに対する贖罪（しょくざい）というのが、あの場所を彼に選ばせたのかもしれません。

和合：すごく繊細なかただったのだと思います。ただ、体は大きくて、弱々しい感じではなかったようです。詩人というと、誰もが中原中也みたいなイメージを持っていますけれど、かなり違うかたが多い。私もごつい感じだとよく言われますが（笑）。

若松：きっと、中身は臆病な人だったと思うんです。だけど、智恵子が亡くなったあとの高村光太郎は、ものすごく強かった。それは死者とともにいるからです。あの山小屋での生活は、普通の感覚では絶対に堪えられない。

　高村光太郎の詩は読んだことがある。だが、彫刻は見たことはない。そういう人がこれからも増えていくと思いますけど、彼のアイデンティティは逆なんです。彼は詩人である前に彫刻家です。自分は触覚的人間だと言っています。「触覚の世界」という文章を彼は「私は彫刻家である。／多分そのせいであろうが、私にとって此世界は触覚である。」という一節から始めています。そうした彼には言葉もまた「触覚的」だったことは容易に想像ができます。意味を触覚的に感じていたのだと思います。

和合：ある対象と向き合って、触覚的に対象の存在感やエネルギーを自分の中に取り込んだり、闘ったりする。光太郎にしてみれば、それこそがまさに彫刻の始まりであり、詩は言葉による彫刻だとも書いています。その対象が、たとえば山だったり、牛だったりする。私は自分の詩集『QQQ』で高村光太郎の詩『牛』をすごく意識しました。「牛はのろのろと歩く／牛は野でも山でも道でも川でも／自分の行きたいところへは／まっすぐに行く」というものですね。詩人を隣にお招きするような気持ちで「やせた牛はのろのろ歩く？／やせた牛は土を踏みしめて歩く？」と書いたんです。『QQQ』の文章のすべての末尾に「？」があるのは、震災と原発事故後の福島を生きる人たちが抱えてしまった、答えの出ない問いの連続をイメージさせたものなのですが、光太郎が山や牛という対象に迫っていったのはなぜなんだろうと改めて何度も考えました。あるいは誰もが嫌がる寒い冬を擬人化して、冬よ来い、僕に来いと叫んだり、冬の寒さを体に取り込んで、火事を出せ、土で埋めろとか、冬に向かっていくら寒くたって俺はそれに打ち勝つエネルギーで生きていくんだとか、さまざまな言葉を風景や命や季節に発しました。あの寂しく厳しい山小屋にいながら、光太郎がどんな思いをずっと貫いていたのか。それはまさに死者というものと対峙するようにして、生命とは何かについて対話をし続けてきたのだということを若松さんのお話を聞いていて改めて思いました。

若松：光太郎には、そこが「彼方」だったのですね。元素は目に見えない。しかし、実在する。だからこそ、触覚的人間である彼は、彼方の人となった智恵子を「元素」と表現した。これは物理的な単位としての「元素」ではありません。彼方的な存在としての「元素」です。そうでなければ、彼はこの言葉をわざわざ詩の現場で用いる必要もないわけです。

被災地の幽霊、不思議な光景

和合：生と死を意識すること。死というものの概念について、震災からの十年で多くのかたがたの考えに触れる機会をいただきました。いろいろなかたと出会い、インタビューをして、受け止めていく。並行して詩に書いていくという独特な文学活動の経験をさせていただいたのかもしれません。その中で、ご主人を津波で亡くされて、毎日毎晩遺影に話しかけているという女性の話を思い出しました。「こんなにいつも拝んでるんだから、ちょっとくらい出てきてもいいべって言ってんだ。全然出てこねんだ。毎晩言ってんだけど、今まで二回しか出たことねんだ」って言う。二回……と驚かされたのですが、東北学院大学におられたときにゼミの学生と被災地で行なった聞き書きを『呼び覚まされる霊性の震災学』としてまとめられた、金菱清さんのフィールドワークを思い出しました。津波の犠牲者が出た場所をタクシーの運転手さんが通ると、たとえば「ひとりぼっちなの」という迷子の子供さんや「○○（まで連れてってほしい）」という人が現れる……と。言われたところまで行くと、お客さんはスッと消えている。学生さんたちの聞き取りに対して、運転手さんたちは「全然不思議じゃない、当たり前の話だ」とおっしゃったそうです。「幽霊……」と口にすると「幽霊なんて蔑むように口にするんじゃない」と怒りだすかたもいらっしゃったとか。語る人々には畏敬の念が感じられた、と。このことに関する話は、私が聞いた「二回しか出たことがない」という人の話と時期的に重なるんです。

以前、金菱さんの授業を見せていただいたことがあるのですが、捕鯨基地として知られている宮城県の牡鹿半島のことが挙げられていました。ここも津波によって壊滅的な被害を受け、大勢のかたが犠牲になったのですが、この半島周辺には聞き取りをしても幽霊体験が出てこなかったそうです。亡くなった人の姿を見たという話がなかった。金菱さんと学生さんがたどり着いたその理由は、鯨漁にありました。海で亡くなるということが古来、決して珍しいことではなく、海難事故になれば、すぐ海で魂になる……、永遠に旅立たれてしまうわけですよね。その認識が常にあったから、亡くなった人が現れたという話が一切ないのではないかということでした。

そういった話をうかがって、改めて私自身の体験を思い出してみました。死者に出会ったということではないのですが、『詩の礫』を書いているときに起こった視界の変化はとても不思議なことでした。二〇一一年四月一日午後十時から書き始めた『詩の礫 10』で、日付が変わるあたりから海に向かっていく場面を書いていたときのことです。「ガソリンが切れるか、命が切れるか、心が切れるか、時が切れるか、道が切れるか、俺はまた、一個の憤怒と激情となって、海へと向かうのか。悔しい、悔しい、悔しい、海へ、悔しい、海へ、海へ。」――そこで本当に目の前に海の風景がはっきり見えてきたんです。このあと、自分はどうするんだろう。自分でも分からない。このまま書くことが止まってしまったら、ツイッターを一緒に分かち合ってくださっている人たちに申し訳ない――そう思っているうちに、バーッと海の風景が広がっていって、帆をかけた船が見えてきた。そして、夜明けの風景が現れたんです。私には本当にそう見えた気がしました。それを見て「明けない夜は無い。」と書き、その日の詩を締めくくったんです。

また、同年十二月四日には毎年末に開催されている「サントリー　一万人の第九」の番組企画チームから、復興支援ということでお声掛けをいただき、宮城県の南三陸町の防災庁舎の前でレクイエムの意味を込めて朗読をさせていただいたんですね。この場所には、町職員の女性が津波の迫ってくる中で、防災無線から「高台へ避難してください」と呼びかけ続けて大勢の人を救い、ご自身は犠牲になられたという悲しい出来事がありました。私はそのかたを思って書いた「高台へ」（『詩ノ黙礼』所収）という詩を朗読することになって、当日朝からずっとリハーサルをしていたのですが、強い風と雨に執拗に邪魔されて、一度も成功していないんです。それが生放送の本番のときだけ風雨がやみ、最後まで読み通すことができました。それまで吹きすさんでいたものがピタッとやんだ。初めて何かに許してもらえた気持ちになって、朗読を終えてから無性に涙がこぼれて止まらなくなりました。しかし今、冷静に振り返ってみるとこの二つのことは、もしかすると自己暗示だったのかもしれません。でもそれならば、なぜ暗示をかけたのかが分からない。自分への率直な疑問というのが今も残っています。

若松：金菱さんの震災をめぐる一連の仕事はとても重要ですね。あの仕事は、金菱さん個人の業績ではなく、学生との研究であることにも注目すべきところがあると思います。金菱清という研究者の問いが共有されて、若い人たちのあいだでそれが開花しているわけです。

先ほど自己暗示という発言がありました。自己暗示ということを考えているときの和合さんは、ある意味、人間・和合亮一です。でも、言葉を書いている、詩を詠んでいるときの和合さんは詩人・和合亮一であって、人間・和合亮一とは別の存在になっている。今、こうしてお話ししているときは、人間・若松、人間・和合として対話をしています。詩を書き、朗読して、詩と交わり合ってるときだけが詩人。詩人のリアリティからすれば、そうではないときの自分は抜け殻なんですね。抜け殻になっているときは、あんなに激しく詩を書き詠んでいた自分は何だったのだろうと思えて当然だし、むしろそう思えることのほうが詩人でいることの内実を逆に確かなものにしている。そのくらい距離がある。もし和合さんがここで『詩の礫』や『詩ノ黙礼』に記されたままのことを話したら、むしろ詩のほうが嘘なんだと思う。そうではないから、あの詩のリアリティ、現実味があるわけです。だから、自己暗示なのではないかと思うところにこそ、あの詩の言葉の真実味がある。

このことは現代詩の問題にもつながる部分ですけれど、詩を書いているときだけが詩人、ならば、書いていないときにも詩人面をするのはいかがなものかと思うのです。詩人は書いてペンを動かしてるときのあなたであって、詩集を出してその本を手にしているあなたは抜け殻なんだ、そう言いたくなることもあります（笑）。

しかし、このことは真剣に詩を書いていれば誰にも分かる素朴なことです。言葉を預けられているときの自分と、社会的な自分、その差異が分からなくなっている人が多くなってきたことが、詩の退廃につながっているとも感じています。

和合：退廃……、間違いなくどんどん狭いところに現代詩は向かっています。

若松：でも、歯止めはきかない。もはや詩人であるのではない、「詩人的」な人間が増えてしまっている。「詩人であること」と「詩人的であること」とは、似て非なるものです。

和合：世界が迎えたクライシス、社会的危機に対して、詩人的な彼らはまったく無関係だった。今回の新型コロナの状況においても同じ印象を感じます。

若松：危機に対して言葉を発することができないということが、詩人的なだけで詩人ではないことの証（あかし）です。詩人ならば、必ず危機に際して、何らかの言葉がそこに宿る。それは公的な何かではありません。危機を、他者とともに生き抜く言葉です。

詩を書く者でありながら、こうした発言をするのは問題があるのかもしれませんが、哲学者のプラトンが彼の考える理想の国家から詩人を追放した理由も分かる気がするのです。プラトンは「詩人的」な人間に大きな問題を見ていたのです。

和合：震災のときに自分自身がさまざまな詩人たちの能天気さを腹立たしく思ったのは、被災当事者だったから。今回のコロナ禍を考えると、みんなが当事者になったわけです。でも、詩人たちはあまり反応……、きちんとした詩作のリアクションができていない。やはり無関係なところで書いている印象は相変わらず否めない。リアルタイムで何かができないんです。

若松：詩人とは別な、詩人的な人たちは、危機と無関係にいられる。先ほどの表現でいえば内的生活においてだけで書いている。それは悪いことではありません。しかしそれは詩の世界をより小さくすることでもある。何も状況的なことを詩にするべきだというのではありません。社会的危機だけでなく、詩は、魂の危機も描き得るはずです。

内的生活に自分を封じ込めているから彼方的生活を感じ得ない。彼方的生活は常に、今と深く結びついていますから、現在が抱えているところに現代における詩的問題がある。内的生活は、しばしば今と乖離する。簡単に言えば、自分のことでいっぱいだということになるのかもしれません。時代と世界を包み込んでいる危機の本質がどういうものかは、内的な視点からでは全然見えてこない。それは彼方の視座がないと見えない。詩人が彼方的視座を失ってしまっている日本の現状はとても深刻な問題を抱えていると思います。

終わりのない対話のために

若松：和合さんの『詩の礫』『詩ノ黙礼』が果たした一番大きな役割は、新しい詩人たちを生んだことです。ツイッターから放たれた一連の詩を読んで、新たに詩を書き始めた人たちを生み出したことだと思います。少なくとも私はその一人です。

かつては詩を読むのは詩を書く人みたいなところがあった。本当は、詩は誰が書いてもいいし、誰が読んでもいい。詩の門を広く開いてくれたというのが、あの二作の最大の功績だった。詩人とは、世に詩人として認められた人ではなくて、詩を書く人が詩人です。真剣に詩を書けば、誰の中にも詩人が芽生える。けれども、いつも詩人でいるわけではない、それだけのことです。

ただ、現代詩の世界で行われているのは逆で、詩誌に載って認められた人が詩人であり、詩集を作った人が詩人であり、どこかに属している人が詩人であるという規定の仕方になっている。もっとたくさんの人が詩を読み、たくさんの人が詩を書くようになるといいと思います。

和合：詩の世界を開いていくこと、やはりそこはとても大切なことだと思います。

若松：先にふれた「読むと書く」という講座は、始めてから七年ほど経つのですが、受講者のかたがたが書いてくる詩を掛け値なしで数千あるいは一万に近い数を読んできました。もちろん、多くの人が詩を初めて真剣に書いた、という人たちです。しかし、書き始めることで湧き上がった言葉の泉は涸れることはないのです。もちろん、書かなくなる時期はあります。しかし、それは「書かない」のであって、かつてのように「書けない」と感じていたのとは違います。自由に書き、自由に休むわけです。

詩とエッセイどちらを書いてもいいですよ、と私が言う。ほとんどの人は詩を書いてきます。もっと精確に言うと、書いたものが詩になっている。詩は書けない。でも書くべきことはある、そう感じている人の言葉は、自ずと詩情を帯びたものになっていきます。人は誰も、書ける主題、書くべき主題を宿している。書く力もあるけれど、多くの人にとっては詩が遠いところにある。詩の世界の門が閉ざされているわけです。その門が開かれてくるだけで、詩の世界の空気に気流が生まれると思います。

現代詩の世界は、先ほどの楕円の話で言うと、完全な円を作ろうとしている。雑誌単位とかで自分たちだけの閉鎖空間を作ろうとする。矛盾して聞こえるかもしれませんが、同人誌のほうがかえって開かれている場合が多いように感じています。そこには書くことへの愛と真剣さがあるからです。そこに集っている人は何かを信じ、何かを賭している。

でも、詩壇の状況は必ずしもそうではありません。円、まさにサークルなんですけれど、その中では空気は緩やかに、予定調和的に動くだけで大きな気流は生まれない。それが今の現代詩の世界だと思います。同人誌はさまざまな緊張をはらんだ楕円であろうとし、詩壇が円を作ろうとする。世の人のイメージと逆かもしれませんが、それが現実だと思います。

和合：詩を書くことのハードルが低くなって、いろいろな人が詩を書く、言葉を書く。詩の世界に限らない日本の今の独特な貧しさの中にあるてらいみたいなものが、どんどん外れていく。詩を介した、言葉を介した対話の広がり。若松さんとのお話でよくキーワードになる「終わりのない対話」、そういうものがきちんとなされていくきっかけをはらんでいますよね。

若松：たとえば、手紙はゆるやかな対話です。自分の大切な人に渡す手紙に短い詩を付けるという習慣をつけるだけで、全然違ってくる。昔の人は和歌でそうした思いを伝えてきた。手紙に必ず一首、和歌を付けて送る。これだけで、その手紙は人生の宝になります。和歌を書けないなら、詩を書けばいい。ただ、それは世に出ない詩なんです。一人の人に送る私信だから。でも、そこに全身全霊をかけることの意味は十分にある。

ある人への手紙を書くというのはゆるがせにできない、ものすごく大きな仕事でもある。ノヴァーリスというドイツ・ロマン派の作家が「真の手紙は、その本性からして、詩的なものである」（「花粉」『夜の讃歌・サイスの弟子たち』今泉文子訳）と書いていますが本当です。

和合：もともと和歌の国ですし、そういう習慣は古来、ＤＮＡの中にはあるんでしょうけど、欠けてしまっている。今おっしゃったことを多くのかたがたが分かってくると、意識も変えられるのだと思いますね。『詩の礫』にしても、たとえば先ほど話題に挙げた『智恵子抄』にしても石川啄木の『一握の砂』にしても、若松さんご自身が書く詩集もそうだと思うのですが、どこか自分のために書くというか、たった一人の自分のために書くということから始まっている気がするんです。

若松：そうですね。詩を書くもっとも大きな要因は、自分をすくい出す言葉は自分で書く、というところにあるのだと思います。探している言葉を見つけることができなければ、自分で書くしかない。そうしないと生きていけないわけですから。

和合：二〇一八年にアメリカで開催された、詩のフェスティバルに行ったときのことを思い出しました。初めて会った詩人の数人から手書きのカードをもらったんです。これは何ですかと聞くと、「あなたにプレゼントしようと思って、朝に書いてきたんですよ」と言う。素敵なイラストのある絵葉書のようなものに書かれた自作の数行の詩をいただく。別の会場に行ったときには、ある詩人から小さなお土産を渡されました。日本に帰って開けてみたら、流木の小さなかけらに詩が書いてあった。今も自宅の玄関に飾って、毎日見ているのですが、いつも思い返すかけがえのない瞬間がある。先ほどおっしゃった、相手に渡すときにそっと短い詩を付けるということの意味は、そういうことなのかなと改めて思いました。

若松：詩の書かれた流木は、私もアメリカで見たことがあります。それはその人の詩ではなくて、その人が好きな誰かの言葉だった。ある物に何かを書き添えることで、それは世界で一つの存在になる。世にある流木ではなく、言葉がしたためられた唯一つのものになる。紙に書いた詩もそうです。詩を書くだけで、どこにでもある紙切れが、世界に一つだけのものになる。

書くという力は、世にただ一つだけのものを生む。大事な人に向けて、本当に世に一つのものを贈りたいのなら、言葉を送るのがよいと思います。それも、自分の手で書いた言葉を。何とも似ていない、世に一つだけのものを贈りたいのなら言葉を送ればいい。それが文学の「現場」のような気がします。

多くの人が同じものを読んでいろいろな感想を言い合う。もちろん、ここにもある種の文学の現場があります。しかし、こと詩においては、もう少し違う現場があってよい。ある特定の人としか分かち合うことのできない言葉に何かを賭して書く、という営みがあってよいと思うのです。

茨木のり子さんが『歳月』という詩集の草稿を遺して亡くなった。『歳月』という詩集の題名も遺族のかたがつけたものです。茨木さんのご自宅を訪ねたことがあって、その草稿が入っていた箱を見せてもらったんです。誰にも読まれるはずのないものだったけれど、茨木さんの作品の中では最高のものだと思います。この詩は先立たれた伴侶に向けて書かれているんですけれど、あの大詩人の最高の作品がご存命の間に世に出ることなく残されたままになっていた。これが現実です。でも、多くの人に読まれることだけを目標にやっていると、『歳月』のような力のある詩は生まれづらいですね。

和合：詩人たちも含めて物を書く人間の全体が、そういう発想にはなっていない気がします。

若松：本当に見つけ出すべきは、お互いに詩を書き送り合えるような友です。友というのは年齢も何も関係なく、本当に信頼できる仲間。日ごろのことも話せるし、詩をお互いに交わすこともできる。もしかすると、私が和合さんに私的に送った詩が、後世になったら私の代表詩になることがあるかもしれない。別ないい方をすれば、この人にだけ読んでもらえればそれでよい、と思えるような友、それは人生の宝だと思います。

詩の原点は心の中の呟き（つぶや）きだった

和合：ここまでお話を深めてきて思うのは、震災から十年で一つの区切りと考えることがおかしいのかもしれませんけれど、ともかくもここからが始まりなんだということです。若松さんがおっしゃった彼方的生活と、詩、言葉という器を結びつけて考える必要がある。

海外ではそういったことが自然にできているのでしょうけれど、日本は詩においてまだまだ後進国なのだと改めて思います。何か大切なものを飛び越えて、現在の事象だけが書かれているのかもしれない。詩も言葉も過渡期にあるのだと思います。

若松：現代の詩歌は、ある意味で「表面」の世界を彷徨（さまよ）っているのかもしれません。より生活の実感に結びついているものは何かというと、昔の歌謡だと思います。歌謡曲ではない、民衆の歌です。詩をそこに近づけていくのがとても大事なんです。

詩が書かれてのちに詩論が生まれ、どういうふうに詩を書くべきかを追っているうちに、詩はだんだんと平板化していった。詩歌の原点は市井の人々の心の中にある嘆きや呻（うめ）き、あるいは呟（つぶや）きだった。それが知らないうちに詩人的な人たちによって「貴族化」していった。詩は再び民衆の人の手に戻すときです。柳宗悦が民衆的工藝を「民藝」と呼んだわけですが、「言葉の民藝」というべきものを考えたいと思っています。

和合：これも、そこにある体の問題ですよね。歌謡とは、そこに声があって歌があって節があって呼吸があって成立するものだったのですから。

若松：和合さんの『詩の礫』は期せずしてそうなっていった、じつに不思議な現象です。

和合：ずっと書き続けて、たどり着いた一つがそこだったのかもしれないですね。

若松：以前、和合さんが言っていたことで興味深かったのは、完成された詩と、朗読する詩は違うということです。朗読の詩は完成に至っていないほうがよい、ということだったと思いますが、確かにそれはそうだろうと思います。人に話すときにすでに完成した状態であることは、むしろ奇妙なことなのかもしれません。

和合：そうですね。詩を発表するにあたって、僕はしつこいのでかなり推敲するんです。二十稿目とかで完成とか。ただ、朗読する場合、それはたとえば十五稿目、十七稿目くらいの段階で朗読したほうが面白いし、朗読もしやすいんですよね。

若松：それが、真の詩人にとっての言葉の現場なのではないでしょうか。言葉の現場は複数あってよいし、それぞれに違っていい。私たちは「読む」ということを目で読むことだけに限定していますが、昔の人は歌を「詠む」と書いた。ここでは声に出して「読む」ことと「書く」ことが融和している。目で読むと普通だけど、声に出して読むとすごいんだと。そういう詩がもっとあってよいと思います。

和合：そういう詩は、目で読んでいても、節とか呼吸とか声が聞こえてくる気がしてきます。

若松：それは和合さんの「読む」ちからが優れているからですね。多くの人にとって音楽は、まさにそうした対象です。普通の人はベートーベンの楽譜の音符を見ただけで、「これはすごい曲だ」なんていうことはなくて、演奏されて初めて魂がふるえるわけですから。

詩も同じでよいわけです。

震災を伝える「物語」が必要だ

和合：前に触れた石牟礼道子さんは晩年、次世代へのメッセージとして能楽の世界に向かわれました。『苦海浄土』につながる新作能『不知火』を改めて読んでいるのですが、若松さんがおっしゃった彼方的生活というキーワード、そこに能楽というのは直結しているように思えています。

若松：能には、この世界の観客と彼方の観客がいるんです。亡き人も招き入れるような場を作っていくのが能の原点なんです。実際、能の中には死者が出てきますし、死者にも見ていただくという感覚があります。その感覚を石牟礼さんも強く感じていたのだと思います。

　だから、私たちも詩を書くときに、生者にだけ読んでもらうのではなくて、亡き者たちにも読んでもらう、亡き者たちにも届くような言葉を意識することがとても大切なことだと思うんです。

和合：死者への手紙ですよね。死者への言葉、そして対話。僕は、津波で多くの犠牲者が出た場所に赴いたときに、そのことを強く感じました。残された片方の靴、ランドセル、サッカーボール、ひしゃげた車、家、船とか、ここで亡くなった魂の存在。そうしたものを言い表すための言葉を、なぜわれわれはこうも持っていないのだろうということと闘って来たのが、私にとっての震災からの十年だったと思います。合唱曲や創作神楽（かぐら）を、多くのかたがたとともに作ってまいりました。その中で、作曲家の新実徳英さんからのご依頼の言葉を印象的に覚えています。新実さんは「津波で多くの人たちが流されていった。その人たちのまさにそのときの気持ちを合唱曲にしたいのです」と言われました。

若松：震災をどう書くか。詩人が震災を小説として書いても構わないのですが、詩人に期待されるのは小説ではなく「物語」です。神楽は物語でしょう。物語がないと成立しない。それは能も同じです。「物語」は必ずしも小説の姿をして現れません。でも、現代は小説の時代だから、物語と小説が同義になってしまっている。これは大変にもったいないことです。

　優れた詩は必ず「物語」を包含しています。どんなに短い詩でもこのことは言える。現代の詩人は物語の作り手でもあってほしいと思っています。能でもいいし、神楽でもいい。歌謡でも構わない。もちろん、詩でもよい。

　写真にだって物語は宿る。写真と言葉の共振というところには、私たちが、これから表現していくべきことが内包されていると思います。写真は誰が撮っても同じということは絶対にない。優れた写真というのはある意味、沈黙の言葉でつむがれた詩歌です。沈黙の言葉と物語がどう響き合うのか、これからさまざまな可能性を考えることができますね。

和合：私は、亡くなったかたと向き合うということから、改めて深めていきたいと思います。震災を経験していない、もしくは幼すぎて震災の記憶も消えてしまっている子供たちがどんどん育ってきている。子供たちの世代にわれわれは何を残せるのか、何を伝えていくかを新しいテーマにして考えていきたいと思います。

若松：何を伝えていくかというときに、震災の「事実」を伝えるというのでは、とても断片的になってしまいます。私たちが事実だと捉えていることは、その時点で確認できていることにすぎない。事実は変わっていく。事実を超えたもの、事実を内包しながら超えていくものとしての物語こそが、今、求められているのだと思います。

和合：いまだに語られることは事実のみなのですね。十年経っているけれど。

若松：だから問題がより深刻化するわけです。

和合：震災が今も続いているということなのではないでしょうか。

若松：石牟礼道子さんの『苦海浄土』は事実の羅列ではありません。事実以上の「物語」です。あの作品が刊行から半世紀を経た今もなお、巨大な力を持ち続けているのは、事実を内包した物語だからです。事実、石牟礼さんは、あの作品を詩だと思って書いたと語っていました。

和合：震災に関する本当の物語の本質というのは、むしろ、十年を経たこれから見つけないといけないのかもしれませんね。

若松：物語がつむがれるには時間がかかるのも事実です。

和合：そうですね。井伏鱒二の『黒い雨』は原爆投下のあった一九四五年から二十年後に雑誌『新潮』の連載として書かれました。物語へと昇華するまで、二十年の歳月が必要だったんですね。

若松：そう思います。東日本大震災の場合、『詩の礫』がとても重要だったのは、誰かが歩まねばならなかった、言葉による第一歩が詩によって刻まれたという事実がそこにあるからです。和合さんがそれを行なった、というより、私の実感からいえば、言葉が和合亮一という詩人を選んだということだと思います。それに続いた私たちは分枝しながら書いていく。それも『詩の礫』という「根」がないと始まらない。

　また、『詩の礫』は、まぎれもなく和合亮一という詩人が書いたものだけれど、無数の人の言葉が詩人に宿って放たれていった出来事でもありました。十年を経てこれからの未来に、どのような言葉が和合さんに宿るのか。『詩の礫』に完結はないともいえるのだと思います。

ＯＶＥＲ

あの日

たくさんの
暮らしが
命が
水平線の向こうへと
連れ去られ

風に
鳥になったまま
戻らない人がある

OVER

やがて

二つの
発電所から
白や黒の煙があがり
底知れない
闇が降りてきて

生まれ育った
街にも
家にも

まだ

ずっと
戻ることが

出来ない人がある
怒りと悲しみを
握りしめ
拳を固くした
歳月から

十年

とても
少しずつ
ゆっくり

新しい指を

しなやかに

開いて

はるか
かなた
静かに
照らされる
大地へ

友よ
きみは
どんな種子を
蒔きたいのだろう

共に涙したり
笑ったり
肩を叩き合ったり
あの日からの日々が
たくさんの粒になって

深呼吸して
力を満たすようにして
小さな
ふるさとの顔をして
それぞれの形で

春を待つ

その手のひらに

季節はめぐる
宇宙と生きる
野原を守る
無数の星の
一つひとつ
わたしときみだ

静かな

火星だ

夜明けだ

光は光を
あきらめない
わたしはわたしを

OVER

きみはきみを

はるか
かなた
蒔こう
朝に
明日に
風に
雲の
足あとに

和合亮一（わごう　りょういち）

1968年、福島市生まれ。第1詩集『After』で第4回中原中也賞受賞。第4詩集『地球頭脳詩篇』で第47回晩翠賞受賞。2011年3月11日の東日本大震災以降、ツイッター上に詩を投稿、『詩の礫』『詩ノ黙礼』『詩の邂逅』を3冊同時刊行し、大きな反響を呼んだ。『詩の礫』はフランスで翻訳され第1回ニュンク・レビュー・ポエトリー賞（外国語部門）を受賞。詩の本場フランスでの日本人の詩集賞の受賞は史上初。これらの作品は多言語での翻訳も行われ、収録された詩は様々な楽曲にもなった。また女優の吉永小百合氏など多数の方に今もなお朗読されている。15年8月には震災を題材にした新たな創作神楽を発表したプロジェクト『未来の祀りふくしま』を立ち上げ、福島稲荷神社にて「ふくしま未来神楽」を奉納した。『詩の礫』に始まる一連の震災関連の詩集の結実として発表された『QQQ』で第27回萩原朔太郎賞を受賞。他の詩集に『誕生』『黄金少年』『入道雲入道雲入道雲』『廃炉詩篇』『木にたずねよ』など。エッセイに『詩の寺子屋』『心に湯気をたてて』ほか。共著に『往復書簡　悲しみが言葉をつむぐとき』（若松英輔氏と）、『3・11を越えて　言葉に何ができるのか』（佐野眞一氏と）、『にほんごの話』（谷川俊太郎氏と）など。震災後の活動について、みんゆう県民大賞、NHK 東北文化賞などを受賞。本書タイトル『未来タル』の読みは「イマキタル」。
公式 Twitter　@wago2828
公式 HP　http://wago2828.com/
ツイッターアカウント　https://twitter.com/wago2828

イマキ
未来タル

詩の礫　十年記

第1刷　2021年2月28日

著者　和合亮一
発行者　小宮英行
発行所　株式会社徳間書店
〒141-8202　東京都品川区上大崎3－1－1目黒セントラルスクエア
電話　（編集）03－5403－4350／（販売）049－293－5521
振替　00140－0－44392
本文印刷　本郷印刷株式会社
付物印刷　真生印刷株式会社
製本　ナショナル製本協同組合

ISBN978-4-19-865250-0